優しい語り手

優しい語り手

ノーベル文学賞記念講演

CZUŁY NARRATOR

オルガ・トカルチュク
OLGA TOKARCZUK
小椋　彩／久山宏一…訳

岩波書店

This Japanese edition published 2021
by Iwanami Shoten, Publishers, Tokyo
by arrangement with Olga Tokarczuk c/o Rogers, Coleridge and White Ltd., London
through Tuttle-Mori Agency, Inc., Tokyo.

目次

優しい語り手

小椋彩 訳

1

わたしが意識的に経験した初めての写真は、母を撮影した一枚で、まだわたしが生まれる前のものです。残念ながら写真は白黒で、そのせいで細かい部分は失われ、ただ灰色の形が映るだけです。光は柔らかく、雨まじりで、たぶん春のものでしょう、窓から差しこんでいるらしく、部屋をかろうじて感じられる程度のあかるさに保っています。母は古いラジオのそばに座っています。そのラジオには緑の目と二つのダイヤルが付いていていました。一つは音量調節用、一つはラジオ局を探すため。そのラジオはのちに、幼いわたしの友達になり、これを通してわたしは宇宙の存在を知りました。エボナイトの把手《とって》を回して繊細なアンテナの針を伸ばすと、圏内の様々な局をキャッチできます。ワルシャワ、ロンドン、ルクセンブルク、パリ。でもときに、音は消えることがあり、たとえばプラハとニューヨーク、モスクワとマドリードの間で、アンテナはブラックホールにつきあたるようでした。そんなとき、わたしは震えあがりました。このラジオを通して、わたしに別の太陽系や別の銀河が話しかけている、ちいさな雑音を通して、解読はできなくても、わたしに情報を送っている。わたしはそう信じていました。

その写真を見つめながら、幼いわたしは確信しました。ダイヤルを回して、ママはわたしを探していたのだ、敏感なレーダーになって、いつ、どこからわたしが来るのか探知しようと、無限の宇宙を見通していたのだと。その髪型と服装(襟ぐりの広いボートネック)が、撮影時期を語っていました。一九六〇年代初頭です。カメラとは別のどこかを見ているすこし猫背の女性は、この写真を見ている者には手の届かないなにかを見ていました。子どものわたしは考えました。彼女は時間を見ているのだ。この写真にはなにも起こっていない。それはプロセスではなく、状態の写真でした。女性は寂しそうで、もの思わしげで、心ここにあらずといった感じでした。

その寂しさについて、わたしは彼女に尋ねました。何回も尋ねました。いつもおなじ答えを期待して。母は答えました。あなたがまだ生まれていないから寂しかったの。あなたを恋しがっていたのよ。

「まだわたしは生まれてないのに、どうして、わたしが恋しいの」わたしは尋ねます。「だれかがいなくなったら、恋しいって言うでしょ。恋しいって、いなくなってから思うものだもの」

「でも、逆もあるのよ」母は答えました。「もしもだれかを恋しく思うなら、そのだれかは、もういるのよ」

一九六〇年代末、ポーランド西部のある片田舎で、母と、まだ幼かったわたしが交わした短い会話は、ずっと記憶に残りつづけ、生涯にわたってわたしを支える力になってくれました。なぜならそれはわたしという存在を、世界の通常の物質性や、偶然や、因果や確率の法則を超えたところへと連れ出してくれたからです。そして、なんらかの時間の外、永遠のそばの甘美な場所へと置きなおしてくれたのでした。子どものわたしは理解しました。これはわたしがいままで想像していた以上のことである。そしてわたしが「わたしはいない」と言ったとしても、最初にわたしは、「わたしは」という、この世で一番大切で、一番ふしぎなこの言葉を発することになるのです[1]。

こうして、宗教に無関心な若い女性だったわたしの母は、わたしに、かつて魂と名づけられたものを与えてくれました。つまり彼女がわたしに授けてくれたのは、世界で一番すばらしい、優しい語り手だったのです。

2

世界は織物です。わたしたちは毎日大きな織機で、情報や議論や映画や本や噂話や小話《アネクドート》を織っています。こんにち、この織機の仕事の範囲は巨大です。インターネットのおかげで、ほとんどだれもが、この仕事のプロセスに参加できます。責任があってもなくても、動機が愛でも憎悪でも、善でも悪でも、あるいは、生きるためであっても死ぬためであっても。そしてこの物語が変わるとき、世界は変わる。そういう意味で、世界は言葉でできています。

したがって、世界をどう考えるか、あるいはおそらくより重要な、世界をいかに語るかということには、とても大きな意味があります。起こったことも、語られなければ、在ることをやめて、消えていく。これは歴史家のみならず、あらゆる種類の政治家や独裁者までもが(あるいは彼らがだれよりもよく)心得ていることです。物語を所有し、紡ぐ者こそ、支配者なのです。

こんにち、わたしたちの問題は、未来ばかりか、具体的な「いま」を語る語りさえないこと、現代世界の超高速な変化を語るために適切な語りがないことにあるようです。言葉が足りない、視点が足りない、メタファーが、神話が、あたらしい物語が足りないのです。代わりにわたしたちが目撃しているのは、的外れで錆びついた、時代遅れの古びた語りを、未来のヴィジョンを述べるのに利用しようとするさまです。それはもしかしたら、「古いなにかは、まだなにものでもないあたらしいなにかに勝る」という前提に基づいているのかもしれませんし、ひょっとしたら、そうすることで、わたしたち自身の視野の範囲内で物事を処理しようとしているのかもしれません。一言で言って、わたしたちには、世界を語るあたらしい方法が欠けているのです。

わたしたちは、多声的な**一人称の語り**の現実のなかに生きていて、至るところから多声的なざわめきが聞こえてきます。「一人称」とわたしが言うのは、「私」のまわりで閉じられた狭い円のような語りのことで、そこでは創作者は多かれ少なかれ直接的に、自分のことを書いたり、自分を通して書いたりします。

こういった個人的な視点、「私」の声は、それがたとえ、より広い視野を断念せざるを得ないものだとしても、もっとも自然で、人間的で、誠実であると言えるでしょう。この一人称の語りで語ることは、きわめて個性的な、またとない織物を織ることを意味します。個人として、自律の感覚を持つこと、自分と自分の運命に意識的であることなのです。それは同時に、「私」と「世界」という対立項を立てることであり、ときに疎外を生むこともあります。

思うに、一人称の語りとは、現代のものの見方にとってはきわめて特徴的なものです。そこでは個人が、世界の主観的中心の役を演じています。西洋文明はかなりの部分で、まさにこの「私」の発見の上に建てられ、それに依拠しており、「私」はわたしたちの現実の最も重要な物差しの一つになっています。そこでは人間が主役であり、その評価は(たくさんあるうちの一つに過ぎないのに)、いつも最重要とみなされます。一人称で語られる物語は、人類の文明の最も偉大な発見の一つのように見えます。敬意をもって読まれ、絶対の信頼が置かれています。わたしたちが世界をなんらかの

「私」の目で見、耳で聞くかぎり、一人称の物語は読者であるわたしたちに、語り手との特別な絆を築き、語り手を物語の稀有なポジションに据えることを命じるのです。

一人称の語りが文学のため、ひいては人類の文明のためにしたことは、どんなに高く見積もっても見積もりすぎることはありません。それは世界についての物語を、わたしたちが影響を及ぼしえない英雄や神々の御業《みわざ》の場から、わたしたち個人の歴史へと創りなおし、まさにわたしたち自身のような人間に、舞台を譲り渡したのですから。わたしたちのような者がそうした語りに同化するのはたやすく、そのために、物語の語り手と読み手、あるいは聞き手の間には、共感に基づいた感情的理解が生まれます。そしてそれは、まさにその本質上、両者を近づけ、境界を消失させるものです。物語において、語り手の「私」と読み手の「私」の境界は、簡単に拭い去られます。境界が消されたまま、読者が感情移入によって、ある一定の時間、語り手になりかわる。そんな小説が読者を「ひきつける」ものだと考えられているからです。そういうわけで文学は、経験の交換の場、それぞれが自分だけの運命を語ったり、自分のアルターエゴ[2]に声を与えたりできる、アゴラ[3]になりました。統計を少しでも見ればわかるでしょうが、こんなに多くの人間が書いたり語ったりした時代はほかにありません。

ブックフェアに行くと、じつに多くのこの種の本、つまり「私」という著者の本を目にします。表現したいという本能(これは生命を守ろうとするほかの本能とおなじくらい強いのかもしれません)は、芸術のなかに最も完全な形であらわれます。わたしたちは、注目されたい、自分が例外であると感じたいのです。「あなたにわたしの歴史を語ります」とか、「あなたにわたしの家族の歴史を語ります」、あるいは「わたしがどこに行ったか語ります」など、こういう類の語りは、こんにち最も人気の高い文学ジャンルです。この現象が大規模なのは、こんにち、あらゆる場所で書けるからでもあります。自分について言葉や物語で表現するという、ごく少数にのみ許されていた特権的能力を、いまや多くの人が手に入れました。

しかし逆説的なのは、これがソリストから編成されたコーラスみたいに聞こえることです。声は互いに競い合い、注意をひこうと張り合って、ついには互いの声をかき消しながらも似たような道をたどります。わたしたちは、書き手であるこの他者のすべてを知ることになり、他者と同一化し、他者の生を自分の生のように生きるのです。

しかしそれでも、それを読むことで得られる経験は、おどろくほど多くの場合、不完全ですし、落胆させられます。なぜなら、「私」という作者の表現は、普遍性の保証にはならないからです。わたしたちに足りないのは、たぶん、物語の寓話的な側面(4)です。というのも、寓話の主人公は、ある歴史的・地理的環境下に生きる彼自身という人間であると同時に、そういう具体性をはるかに超えて、どこにでもいるだれかになるからです。読者が小説に書かれたストーリーを追うとき、読者は登場人物の運命を自分の運命と同一視し、状況を自分のものとみなしえますが、その一方、寓話においては、読者は自分の特異性を完全に捨て去り、「普遍的なだれか」になります。こうした骨の折れる心理操作を通じて、様々な運命にとっての共通項を見つけつつ、寓話はわたしたちの経験を普遍化するわけです。寓話が欠けていることが、わたしたちのこの救いのなさの証拠です。

おそらくは、タイトルや名前の海で溺れないように、わたしたちは文学というリヴァイアサン(5)の巨体を、スポーツの種目みたいに**ジャンル**に分け始めたのでしょう。作家はまるで専門的な訓練を受けた選手のようです。

文学市場の全般的な商業化は、文学の細分化を招きました。犯罪小説なりファンタジーなりSFなりに、よろこんでどっぷり浸かりたいという読者＝顧客をターゲットにした、ジャンルごとに区分けされた文学フェアや文学フェスが開催されているのもこのためです。これはただ、書店員や司書にとっては大量の出版物を書棚に整理するときの助けになるもの、読者にとっては、たくさん提供される書物のなかで、どちらを向くべきかを教えてくれるものに過ぎません。それはもはや、すでに存在する作品を当てはめる抽象的なカテゴリーであるばかりか、作家自身が、それに沿って作品を書き始めるようにさえなります。ジャンルが細かくなればなるほど、それはケーキの焼き型に似てきます。そっくりの結果を作り出す道具のように、その予測可能性は長所と、平凡さは達成だとみなされるのです。読者はなにを期待すべきか知っており、まさに自分の欲しいものを手に入れる。

わたしはいつも直感的に、そういう秩序に反対してきました。というのも、それは作家の自由を制限し、実験と逸脱を避ける気持ちに通じているからです。概してそれこそ、創作の本質であるというのに。そしてそうした秩序は、奇抜さ（これなくして芸術はありえませんが）を創造するいかなるプロセスをも排除します。よい本は、自分がどんなジャンルに入るのかという所属を述べる必要などありません。ジャンル分けは文学全体の商業化の結果です。文学を、ブランド化やターゲットマーケティングといった、現代資本主義によって発明されたその種の哲学をくっつけた、販売目的の製品として取り扱った影響なのです。

　こんにち、わたしたちは、世界を語るあたらしい方法の出現を目撃して大きな満足を得ています。それはすなわち**シリーズものの映像**であり、その隠された使命は、わたしたちを陶酔させることにあります。もちろん、こうした語りの方法は神話やホメロス[6]の時代からありましたし、ヘラクレス[7]やアキレス[8]、オデュッセウス[9]は疑いなくこの種の語りの最初の主人公です。しかしかつて、それが個人にとってこんなに大きな場所を占めたことも、集団的記憶に対してこんなに深刻な影響を及ぼしたこともありませんでした。二一世紀の最初の二〇年間は、間違いなくシリーズものの時代です。世界を語る方法に、ひいては世界を理解する方法に与えた影響は革命的です。

　こうした現代のシリーズものは、様々なテンポ、脱線、局面を発生させて、長時間の視聴にわたしたちを参加させるのみならず、独自のあたらしい語りを導入しました。多くの場合、その課題は観客の注意をできるだけ長く引くことですから、シリーズもの の語りは、最大限に突飛なやり方でプロットを錯綜させ、これを増やします。それがあまりに過剰であるため、もうどうにも始末に負えなくなると、こんどは語りの古い技法にさえ立ち返ることになります。つまり、かつて古典オペラで、最後の折り合いをつけるのに用いられた「デウス・エクス・マキナ」[10]に立ち返るのです。続編では、あらたに起きた事件にもっとふさわしいように、登場人物の精神状態がまるごと、随時変更されることもあります。最初は穏やかで控えめだった人物が、終わり近くには執念ぶかくて衝動的になっていたり、脇役が主役になったり、わたしたちがすでに愛着を抱いていた主要人物が、おどろくべきことに、意味を失うか、すっかり消えてしまったりするのです。

潜在的に次作を存在させるためには、オープンエンディング[11]である必要があります。そこでは、いわゆる神秘的な「カタルシス」[12]が出現する、あるいは完全な形で起こる機会はありません。カタルシスはかつて、内的変化の経験、成就の経験、物語の展開に参与することで得られる満足の経験でした。しかしこうした錯綜や未完——カタルシスというご褒美に対して繰り返される延期が、受け手を依存に陥らせ、催眠術にかけるのです。はるか昔に考え出された、シェヘラザード[13]の語りで知られるファブラ・インテルプタ[14]が、現代のシリーズもので復活を遂げました。わたしたちの感受性を変え、異様な精神的効果をもたらし、わたしたちを固有の生から引き離し、興奮剤のようにわたしたちを酩酊《めいてい》させながら。同時にシリーズものは、あたらしくて冗長で混沌とした世界の秩序のなか、その無秩序なコミュニケーションや、非恒常性と流動性のなかに、自らを刻み込みます。そういう物語の形式は、こんにち、たぶん最も創造的にあたらしい処方をさがしています。こうした意味で、未来の語りに関する、あるいはあたらしい現実に物語を適応させることに関する重要な仕事は、シリーズもののなかで行われるのです。

しかしわたしたちはなによりも、互いに相反する大量の情報の世界、矛盾する情報が壮絶に争う世界に生きています。

わたしたちの祖先は信じていました。知識を得ることが人びとに幸せや繁栄や健康や富をもたらすのみならず、社会を平等で公平なものにすると。彼らによれば、世界に足りないものは、情報によって容易に得られる、遍在的な知恵でした。

一七世紀の偉大な学者、ヨハネス・アモス・コメニウス[15]は、「汎知主義《パンソフィズム》」という言葉を作り出し、そこに、潜在的な無限知、あらゆる可能な認識が含まれるユニヴァーサルな知識、というイデアを込めました。そしてそれはなによりも、みなが手にすることができる知への夢でした。世界についての情報に手が届くことが、読み書きできない農民を、世界と自分を意識する内省的な個人へと変えないわけがありません。手を伸ばせば届く知が、人びとを思慮ぶかくし、彼らがより賢くその生を営むことにつながらないわけがありません。

インターネットが登場したとき、このイデアはついに完全な形で実現するように見えました。わたしが感嘆し支持しているウィキペディア[16]も、コメニウスにとっては、ほかの多くの思想家たちにとってと同様、人類の夢をかなえているように見えたかもしれません。わたしたちはいま、絶え間なく補完され更新しつづける巨大な知の蓄積を、創造し、受け取っています。それはじっさい、地上のどこからでも手が届く、民主的なものなのです。

夢がかなうことは、しばしば落胆をも意味しています。あきらかになったのは、わたしたちがこの大量の情報に耐え切れないということです。それは団結と普及と解放の代わりに、差異化と分断と、互いを受け入れない、あるいは互いに排他しあって敵対する、多様な物語というちいさな泡への引きこもりをもたらしました。

そのうえ、インターネットは無批判に市場のプロセスに忖度《そんたく》し、独占主義者に奉仕します。彼らは膨大なデータを操作しますが、それらが利用されるのは知を普及する汎知主義のためではまったくなくて、逆になにより、ユーザーの行動をプログラミングするためであり、このことはケンブリッジ・アナリティカの件(17)でもあきらかになりました。

世界のハーモニーの代わりに不協和音、耐えがたい騒音を聞いたわたしたちは、そこに最もちいさななんらかのメロディー、最も弱いリズムでもいいから、そういうものを聴こうと必死に試みています。シェイクスピアからの引用のパラフレーズが、いまほど、この不協和音的現実にふさわしかったことはありません。「インターネット、それは愚者によって語られる物語――騒音と怒りに満ちて」[18]

政治学者の研究も残念ながらコメニウスの直感に反するものです。その直感は、世界についての情報が入手しやすくなればなるほど、政治家は理性に奉仕し、思慮ぶかい判断をするという確信に基づいていました。しかしそれほど簡単な話ではないようです。情報は威圧的であり得ます。その複雑さと多義性が、あらゆる種類の防御のメカニズムを稼働させます。否定や抑圧から身を守ろうとして、結果的にきわめて単純化された思想的もしくはイデオロギー的原則や、特定政党の受け売り思想への逃避をもたらしたりします。

フェイクニュースというカテゴリーは、フィクションとはなにか、というあたらしい問いを立てました。幾度も騙され、誤情報を与えられ、おかしな場所に導かれた読者は、次第に、ある神経的特異性を持ち始めます。フィクションへのそういう拒絶反応が、ノンフィクション文学の巨大な成功の理由かもしれません。この広大な情報カオスで、わたしたちの頭上にこんな叫びが聞こえます。「真実を言います、真実だけを！」「わたしの物語は事実に基づいています！」

フィクションは読者の信頼を失い、嘘は、まだ原始的ツールであるとはいえ、大衆の破壊行為の危険な武器になりました。きわめて頻繁に、わたしはこんな不信に満ちた問いかけをされます。「あなたが書いたのは、本当のことですか?」そしてわたしはこう問われるたび、文学の終焉が予言されているように感じます。

この、読者の視点からすると無邪気な問いは、作家の耳にはじつに終末的に響きます。わたしはなにを言えばよいでしょう。『魔の山』のハンス・カストルプや、アンナ・カレーニナや、クマのプーさんの実存的立場について、どんな説明を加えればよいでしょうか。

読者が抱くこの種の好奇心とは、文明の退化だとわたしは思います。それは、人生という名の出来事の連なりに、わたしたちが多面的(具体的、歴史的、かつ象徴的、神話的)に参与する能力が傷ついているということなのです。人生は出来事によってつくられますが、それも、わたしたちが出来事を解釈し、理解しようとするとき、またそれを経験に換えて意味を与えようとするときだけです。出来事は事実です。でも経験は、説明しがたいべつのなにかなのです。それはもはや出来事ではなく、わたしたちの生をつくる材料です。経験は解釈され、記憶された事実です。それは、わたしたちの頭のなかのある基礎、それに基づきわたしたちが固有の生を展開し、詳細に検討する、意味の深層構造にも働きかけるものです。わたしは、そういう構造の役割を神話が果たすと信じています。周知のように、神話はじっさいの出来事ではありませんが、常に起きていることです。いまや神話は古代の英雄の冒険譚としてあるのみならず、至るところ、きわめてポピュラーな、現代の映画やゲームや文学のストーリーに影響しています。オリュンポス山の住人の生活は『ダイナスティ』[19]に移され、主人公たちの英雄的行為はララ・クロフト[20]の担当です。

わたしたちの経験をめぐる物語(文学がこれを創るのですが)の、本当と嘘のこうした峻厳な区分には、それ固有の次元があります。

わたしはフィクションとノンフィクションの単純な区別に興味をもったことは一度もありません。そうした区分はおそらく作家が便宜的に表明する、任意的なものに過ぎないと、わたしたちは知っています。フィクションの定義をめぐる大海で、わたしがもっとも気に入っているのは、もっとも古いものでもあります。それはアリストテレスの言葉です。**フィクションは常に、ある種の真実です**[21]。

ほかにも、作家でエッセイストのＥ・Ｍ・フォースターによる、ストーリーとプロットの区別にも納得させられました。彼が言うには、「王が死に、やがて女王が死んだ」というのはストーリーですが、もし「王が死に、やがて寂しさのあまり女王が死んだ」というなら、これはプロットです[22]。すべての物語づくりは、「つぎになにがあった？」という問いから始まり、「なぜそうなった？」の問いに通じています。つまり、わたしたちの人類的経験に基づきそれを理解しようとする試みに。

文学は、いつもその時々の「なぜ」に始まります。たとえわたしたちがその問いに対して絶えず、ありふれた「知りません」しか言えないとしても。

文学はだから、ウィキペディアの助けを借りても答えられない問いを立てます。それはわたしたちの経験に直接訴えかけながら、事実と出来事を超えていくのです。

しかし、概して物語や文学は、わたしたちの目には、ほかの語りの手法に比べて、すっかり周縁に追いやられたものに見えるかもしれません。視覚的イメージや、映画、写真、ヴァーチャル・リアリティといった、経験を直接的に伝達するあらたな形式は、伝統的な読みに比して、より重さを増していくでしょう。読むことは、複雑な精神的・知覚的プロセスです。簡単に言いましょう。捉えがたかったものごとが、概念化され、言語化され、記号と象徴に変換され、やがて言語から経験へと「解読」しなおされます。これには知的能力が要求されます。なによりも必要なのは注意力と集中力で、これは、きわめて散漫な現代世界において希少さを増すばかりの能力です。

人類は、自分たちの経験を伝達し共有する方法をめぐり、長い道のりを歩いてきました。つまり、生きた言葉と人間の記憶に依拠した、口頭による意思伝達の時代から、書き言葉で物語がひろく伝達され、定着し成文化され、不変の複写が可能になった、グーテンベルクの革命までのことです[23]。こうした変化の最大の功績は、わたしたちが自分の思考を書き言葉と、つまりイデアやカテゴリーやシンボルを用いる具体的方法と、同一化できるようになったことです。こんにち、わたしたちはこれと同様の重大な変化に直面しています。いま経験は、活字の助けなしに、直接伝達されうるのですから。

もはや旅行中に日記をつける必要はなく、写真を撮ってSNSで世界に発信すればいい。一瞬でみなに届きます。手紙を書く必要もない、電話する方が簡単ですから。テレビドラマに夢中になれるのに、なぜ分厚い小説など読むでしょうか。友達と街へ遊びに出かけるよりも、ゲームでもしていた方がましです。だれかの自伝に手を伸ばすかって？　そんなもの意味がありません、だってセレブの生活をインスタグラムでフォローしていて、彼らについてなんだって知っていますから。

こんにち、テクストが直面する最大の敵とは、視覚的イメージですらありません。二〇世紀のうちは、映画やテレビの影響を案じて、わたしたちはまだそんなことを考えていましたが。これは世界経験のまったくべつの次元であり、わたしたちの感覚に直接に作用するものです。

3

わたしは、世界に関する物語の危機を概観したいわけではありません。でも、しばしば、世界にはなにかが足りないと感じて苦しくなります。ガラスの画面やアプリを通して世界を経験することは、なにか非現実的で、遠くて、二次元的で、手に入る情報がそれぞれ驚嘆すべきものであるにもかかわらず、奇妙に定義しがたいのです。「だれか」「なにか」「どこか」「いつか」という言葉は厄介で、こんにち絶対的な確信とともに口にされる、きわめて特殊で限定的なイデア（「地球は平面だ」「ワクチン接種は人を殺す」「地球温暖化はたわごとだ」「多くの国で、民主主義の危機なんかない」）よりも、より危険なものかもしれません。海を渡ろうとして「どこか」で人びとが溺れています。「どこか」で、「ある」ときから、「なんらかの」戦争がつづいています。個別に発信された情報は、氾濫し、伝わるうちに輪郭を失って、わたしたちの記憶のなかで拡散し、リアルでなくなり、消えていくのです。

暴力や愚かしさ、残虐さのイメージや、ヘイトスピーチの奔流が、あらゆる種類の「よいニュース」と、絶望的な均衡を保っています。しかしそれらの「よいニュース」が、言葉にすることすら困難な、強烈な表現を手なずけられるわけではなく、**世界はなにかが間違っています。**この感覚は、かつては神経症的な詩人の専売特許でしたが、いまやこれは確定されない伝染病、至るところから浸み出てくる不安感なのです。

文学は、世界の具体性のなかに生きるわたしたちを支えようとする分野の一つです。文学とは、本来いつも「心理学的」だからです。それは内的な理屈と登場人物の動機に集中し、ほかの人では替えのきかない、彼ら固有の経験をあきらかにします。あるいはもっと簡単に、読者に人物の行為への心理的解釈を促す場合もあります。ただ文学だけが、わたしたちに、べつの存在の人生に深く入ることを許すのです。その理屈を理解し、感覚を共有し、その運命を生きなおすことを。

物語は、いつも意味の周りをめぐります。たとえ直接的に表現していなくても、意味の探求を戦略的に避けているときでも、形式や実験に集中しているとき、つまり、表現のあたらしい手段を探しながら、形式における反乱を起こしているときでも。たとえもっとも行動主義的で、言葉を節約して書かれた小説を読むときでさえ、わたしたちはこう尋ねずにはいられません。「なぜこれは起こった?」「これはどういうことだ?」「この意義は?」「これからどうなる?」わたしたちの知性が、わたしたちを取り巻く数百万の刺激、寝ているときすら絶えずその語りを紡がせる、そういう刺激に、意味を与えるプロセスとしての物語に向かって発展してきたというのは、おおいにありうることです。ですから物語というのは、膨大な量の情報を、現在、過去、未来と関係づけながら、時間のなかで整理することです。情報の繰り返しをあきらかにし、因果のカテゴリーに置きなおすことです。この仕事には、精神も、また感情も、参与します。

物語によって最も早くに発見されたもののひとつが運命だったのも、なんら不思議ではありません。そうでなくとも運命とは、人びとにとって常におどろくべきもの、非人間的なものではありましたが、これが現実のなかに秩序と不変性とを持ち込んだのです。

4

みなさん、

写真の女性、わたしが生まれる前からわたしを恋しく思っていたわたしの母は、その数年後、わたしにおとぎ話を読んでくれました。

そのうちのひとつに、ハンス・クリスチャン・アンデルセンが書いたものがありました。ごみ溜めに捨てられたティーポットが、人からいかにひどい扱いを受けたかこぼします。把手が取れただけで、捨てられてしまうなんて。もしもポットの持ち主たちが完璧主義者でなかったり、多くを望んだりしなければ、ポットはまだ彼らのために働けたのに。ほかの壊れた物たちもポットに唱和するという、ここでは、物体のささやかな生からなるじつに壮大な物語が語られています(24)。

子どものわたしは、頬を紅らめ、目に涙をためてこの話を聞いていました。なぜならわたしは、人間とまったく同様に、物には物の、問題、感情、社会生活すらあると、深く信じていたからです。食器棚の皿は互いに言葉を交わし、引き出しのナイフとフォークとスプーンは家族を構成しています。同様にして動物たちも、神秘的で賢い、意識を持った存在で、わたしたちは彼らとずっと、精神的な絆と深い類似性によってつながっていると思っていました。川にも森にも道にもまた、それら固有の生があり、それぞれは生きた存在で、わたしたちの空間を地図化し、居場所の感覚を築いてくれる、神秘の宇宙霊[25]なのです。わたしたちを取り巻く景色もまた生きており、太陽も月も、天体すべてもまた生きています。見える世界も、見えない世界も、すべてが。

　それを疑い始めたのは、いつだったでしょうか。わたしは自分の人生の、ある瞬間を探しています。一回のクリックのようなその瞬間、いっさいが変わり、かすかな差異は失われ、より平坦になってしまったそのとき。世界のささやきは聞こえなくなり、街のざわめきと、コンピューターのうなりと、頭上の飛行機の轟音と、情報の海のホワイトノイズがそれにとって代わりました。

　人生のある時点から、わたしたちは、世界を断片として見るようになります。すべてはばらばらで、銀河みたいに互いに隔たった、それぞれが異なる破片のなかに生きているということを、わたしたちは日々の現実から納得させられているのです。たとえば医者は専門ごとに治療すること。たとえば税金はわたしたちが仕事に向かう道の除雪のために使われるのではないこと。たとえばわたしのランチは巨大な飼育農場とぜんぜん関係ないように見えるし、わたしのあたらしいブラウスもアジアのどこかのみすぼらしい工場とぜんぜん関係ないように見えること。すべては互いにばらばらで、孤立して、つながりを失って生きています。

　こういう世界とうまく折り合いをつけられるように、わたしたちには番号や、身分証や、プラスティック製の醜いカードが与えられています。それらが、こうした、もはやわたしたちが認識するのをやめてしまった全体の、ほんのちいさな一部分を享受するよう、わたしたちを仕向けているのです。

　世界は死にかけているのに、わたしたちはそれに気づきさえしません。わたしたちは見逃しています。世界が事物と出来事の集積になりつつあることを。生命のない空間になりつつあることを。そんな世界を移動しているわたしたちは、孤独で、途方に暮れていて、だれかの決定に揺さぶられ、理解できない運命や、歴史か偶然の巨大な力にもてあそばれる玩具にでもなった気分に苛《さいな》まれているのに。わたしたちの精神性は、消えつつあるか、うわべだけ、または儀礼的なものになりつつあります。あるいは単にわたしたちは、単純な力の信奉者になりつつあるのかもしれません。物理的、社会的、経済的力といった、そういう力はわたしたちに、ゾンビみたいな動きを強います。そしてこういう現実世界で、わたしたちはまさにゾンビです。だからわたしは、あのティーポットの世界にあこがれるのです。

5

生涯わたしは、結びつきと影響の相互的ネットワークに魅了されてきました。ふだん、わたしたちは気にも留めていませんが、おどろくべき形で状況が交差し、運命が一致するのを、たまさか発見するのです。こういった、あらゆる橋、ねじ、つぎめ、接合を、わたしは自分の長篇小説『逃亡派』で追いかけました。わたしは事実を連想し、秩序を探すことに魅かれます。基本的に(そうわたしは確信していますが)、作家の精神とは総合する精神であり、あらゆるかけらの数々を、それらからまたあたらしく普遍的な全体をつくろうとして、かたくなに集めるものなのです。

わたしたちはどのように書くべきでしょうか。物語をいかに組み立てるべきでしょうか。物語が、世界のこの大きな星座的形式を浮かび上がらせることができるように。

もちろん、神話やおとぎ話や伝説で知るような世界の物語、口承文芸が世界を存在させていたときのような物語に帰るのは不可能だということは、わたしもよく理解しています。こんにち、物語ははるかに多元的で複雑でなければならないでしょう。なにしろじっさい、わたしたちは、ずっと多くをわかっています。表面上はかけ離れているものの間に存在する、驚異的な関連を知っているのです。

世界の歴史の、とある瞬間を見てみましょう。

一四九二年八月三日のこと。スペインはパロス港の埠頭から、サンタ・マリア号という一艘《いっそう》のちいさな船が出航しました。船を指揮するのはクリストファー・コロンブスです。太陽が輝き、埠頭を船員たちが行き来し、港の人足たちが食料を詰めた最後のトランクを積み込んでいます。暑い日ですが、西から吹くそよ風が、見送りに来た船員の家族たちを日射病からまもってくれています。人間の動きを注意ぶかく観察しながら、カモメがタラップの上をおごそかに行きつ戻りつしています。

いま、時間を超えて、わたしたちには見えています。まさにこの瞬間が、五六〇〇万から六〇〇〇万人近くのネイティヴアメリカンの死に通じていることを。当時彼らは、地上の全人口のおよそ一〇パーセントを占めていました。ヨーロッパ人たちは彼らのもとに、図らずも、死に至らしめる贈り物を持ち込みました。アメリカの先住民たちには免疫のなかった、病気とバクテリアです。これに加えて、彼らを容赦ない迫害と殺戮《さつりく》が襲いました。虐殺は数年に及び、地の様相をすっかり変えました。かつては洗練された方法で灌漑《かんがい》され、豆やトウモロコシやジャガイモやトマトが栽培されていた畑には、また野草が生い茂るようになりました。数年のうちに、六〇〇〇万ヘクタールの耕地がジャングルになったのです。

よみがえった植生は、膨大な量の二酸化炭素を消費しました。そのことで地球の気温上昇を抑制する効果が生まれ、ひいては地温を下げることにつながったのです[26]。

これは、一六世紀末に発生し、長期にわたって気候の寒冷化をもたらしたヨーロッパの小氷期の始まりを説明する、多くの科学的仮説の一つです。

小氷期はヨーロッパの経済を変えました。長く凍てつく冬と寒冷な夏、集中豪雨の数十年が続くうち、伝統的農法の収穫高は減少してしまいました。西ヨーロッパでは、家族で営むちいさな農園が自分たちのためだけに食料を生産していましたが、それではとても間に合わないことがわかりました。飢饉の波に襲われ、生産を特別化する必要が生じました。寒冷化の影響を最も強く受けたのはイギリスとオランダです。彼らはもはや農業に頼ることができなくなり、貿易と産業の開発に乗り出しました。暴雨の脅威から、オランダ人はこぞって干拓地《ポルダー》の土地改良に取りかかり、海抜の低い湿地帯や浅瀬の海を埋め立てました。タラの生息地が南方へ移動したことはスカンディナヴィアにとっては大惨事でしたが、イギリスやオランダには有利に働きました。このおかげで両国は、海洋と貿易の覇者として歩み始めたからです。この著しい寒冷化は、とくにスカンディナヴィアの国々には打撃でした。グリーンランドやアイスランドとの交易は断たれ、厳しい冬が作物を減らし、長きにわたり飢餓と欠乏がこの地を支配しました。こうしてスウェーデンは南方へと貪欲な視線を向け、ポーランドへの宣戦布告(とくにバルト海の凍結時には、軍は海を渡って簡単に攻め入ることができました)と、ヨーロッパの三十年戦争への参戦につながっていったのです。

現実のよりよい理解に向けられた科学者たちの努力が示すのは、影響が相互に結びつき、緊密なネットワークをつくっていることです。これはかの有名な「バタフライ・エフェクト(27)」にとどまりません。知られているように、これはあるプロセスの最初に起こるちいさな変化が、将来的には巨大で予測不可能な結果をもたらすというものです。でもこんにち、数えきれない蝶と翅《はね》、その絶え間ない羽ばたきが存在します。生命の強力な波は、時間を超えてさまよっているのです。

バタフライ・エフェクトの発見は、人間が自分の影響力、自分のコントロール能力、そしてとりもなおさず世界における自分の優位性を確信していた時代の終わりを意味しているとわたしは思います。このことは、建設者としての、征服者としての、また発明者としての人間から、その力を奪うものではありません。しかし、現実がかつて人間が想像しえたよりもはるかに複雑で、人間は、これらのプロセスのほんのちいさな一部にすぎないということを示しているのです。

一大スペクタクルのように展開するなんらかの相関関係、しかもときにきわめて意外な従属関係が、地球規模で存在することを示す証拠は増すばかりです。

わたしたちはみな、人も、植物も、動物も、物も、物理法則に支配された、おなじ一つの空間に浸っています。この共有空間には形があり、物理法則はそのなかに、互いに無限につながりあう、果てしない数の形式を刻みこんでいます。わたしたちの血液の循環は河川の流れを思わせ、葉脈の構造は交通システムのようであり、銀河の動きは、洗面盤から流れてゆく水の渦巻きに似ています。社会はバクテリアのコロニーのように発展してきました。ミクロコスモスとマクロコスモスは類似する無限のシステムを示しています。わたしたちの言葉、思考、創造性は、世界からかけ離れた抽象的ななにかではありません。世界の変化の無限のプロセスに、べつのレベルで連なっているものなのです。

6

わたしはこのところ、ずっと考えつづけてきました。こんにち、あたらしい物語の基礎を見つけることは可能でしょうか。普遍的で、全体的で、すべてを含み、自然に根差していて、豊かに状況を織り込み、同時にわかりやすい、そんな物語の基礎を。より大きな現実の範囲をあらわにしながら相互の結びつきを示し、コミュニケーション不能な個人的「私」の牢獄を超えていく、そんな物語はありえるでしょうか。そういう物語は、「みなに共有される意見」の、手垢がついて明白かつ通俗的な中心からは距離を置き、物事を脱中心的に、中心の外から、眺めることができるでしょうか。わたしはうれしく思います。文学が、あらゆる奇抜さや幻影、挑発、グロテスクさ、そして狂気への権利を奇跡的に保っていることを。わたしは夢みています。文脈がわたしたちの期待をはるかに超えてひろがっていくような高い視点とひろい視野を。わたしは夢みています。最も曖昧な本能を表現しうる言葉を。わたしは夢みています。様々な文化を超えていくメタファーを。そして最後に夢みているのは、とても大きくて逸脱的で、しかも読者に愛される、そんなジャンルです。

そしてわたしは、あたらしい種類の語り手を夢みています。それは「第四人称」とでも呼ぶべきもので、むろんなんらかの文法的構成を担うにとどまらず、みずからのうちに登場人物それぞれの視点を含み、さらに各人物の視野を踏み越えて、より多く、よりひろく見ることのできる、時間だって無視できる、そんな語り手です。ええ、そんな存在は可能です。

みなさんはかつて、聖書のなかの奇跡のような語り手がだれか、考えたことはありますか。声高に「初めに言葉があった」と叫ぶ、世界の創造を記述している、混沌と秩序が分離した世界の第一日目を記述している、これはだれでしょうか。一連の宇宙創成を追っていて、神の御心《みこころ》を知っています。その疑いも理解していて、しっかりした手つきで、ありえない文を紙に書きつけます。「そして神は、それをよいとご覧になった」神のくだした評価を知っている、この語り手はいったいだれでしょう。

神学的な疑問はひとまず措《お》き、この神秘的で優しい語り手とは、奇跡的かつ意味深長なものと考えられます。これはすべてが見える視点、視野なのです。そしてすべてが見えるということは、ある究極的な事実の認識を意味します。つまり、存在するすべてのものは、相互につながり、一つの全体を成している、という事実です。たとえそのつながりを、まだわたしたちが知らなくても。すべてが見えるということは、世界に対する、まったくべつの種類の責任をも意味します。というのも、あらゆる「ここ」の身振りは「そこ」の身振りにつながっていること、世界の一部でくだされた決定が世界のべつの部分に影響を及ぼすこと、「わたしのもの」と「あなたのもの」の区別が論争の始まりであることが、あきらかになるからです。

ですから、読者の頭のなかで全体の意味が動きだすように、断片があるひとつの図案へと統合されるように、読者がちいさな出来事の集まりのなかに完全な星座を発見できるように、誠実に物語を語るべきでしょう。あるひとつの共有されるイメージ、惑星の回転ごとにわたしたちが入念に思い描くそのイメージのなかに、人も物もすべてが浸っていることがあきらかになる、そんな物語を語るべきなのです。

文学にはそんな力があります。そして、高尚な文学と通俗な文学とか、大衆文学と専門的な文学とか、そういう単純なカテゴリーは捨てて、ジャンル分けに、もっと軽やかに接するべきです。「国民文学」などという定義もやめましょう。文学の描く宇宙は「ウヌゥス・ムンドゥス」(28)のイデアにも似た一つのもの、そこでわたしたち人類の経験が統合される、共通の精神的現実なのですから。作者と読者は同等の役割を担います。前者は創作によって、後者は絶え間ない解釈によって。

もしかしたらわたしたちは、断片を信頼すべきなのかもしれません。星座は、より多くを、より複雑な方法で、多元的に描くことができるのですから。わたしたちの物語は、果てしない方法で互いに言及しあい、主人公たちはその関係のなかに参加し、影響を与えあえることでしょう。

わたしたちを待っているのは、リアリズムの観念によってわたしたちがこんにち、なにを理解しているか、その再定義だと思われます。そして、わたしたちが自我の限界を超えられるような、わたしたちがそれを通して世界を見ているガラスの画面を破るような、あたらしい定義を探さなくてはなりません。というのも、いま、現実への必要を満たしているのは、メディアや、ＳＮＳや、インターネット上の間接的な関係だからです。ひょっとして、わたしたちを必然的に待ち受けるのは、ネオシュルレアリスムのようなものかもしれません。それは、ある設定しなおされた視点であり、パラドクスと競いあうのを恐れず、単純な因果的秩序にも逆らって進んでいくのです。ええ、たしかにわたしたちの現実は、すでに超現実《シュール》になっています。わたしは確信していますが、多くの物語は、あたらしい科学的理論を参照しつつ、あたらしい知的コンテクストのなかで書き直されることを要求しています。しかし思うに、同じように重要なのは、神話や全人類の想像に、常につながっていることです。神話の縮小された構造に立ち返ることは、わたしたちがこんにち生きている、この特性の欠如のなかに、なんらかの恒常性の感覚を持ち込んでくれるかもしれません。神話がわたしたちの精神をつくり、わたしたちが神話を無視することはできない（せいぜいその影響に気がつかないにしても）と、わたしは信じています。

きっと間もなく、ある天才があらわれて、まったくべつの、まだこんにちでは想像もできない語りを創造するでしょう。その語りには、重要なものすべてが配置されています。語りのそんな方法は、間違いなくわたしたちを変えるでしょう。わたしたちは、古くさい、制限された視野を捨て、あらたなそれを見つけるのです。じっさいそれは、いつもどこかにあったのですが、わたしたちには見えなかったのです。

トーマス・マンは『ファウスト博士』で、人類の思想を変えることができる、あたらしい種類の絶対音楽をつくる作曲家のことを書いています。(29) しかしマンはその音楽がなにに依拠しているのかは書きませんでした。彼はそれがどう響くかというイメージをつくっただけなのです。もしかしたらまさにここに、芸術家の役割があるのかもしれません。存在するかもしれないものへの予兆を与えること、そうすることで、それを想像可能なものにすること。想像されることが、存在の第一段階だからです。

7

わたしはフィクションを書いています。しかしけっしてなにかをでっちあげているわけではありません。書いているときは、自身の内面のすべてを感じなくてはなりません。本に出てくるすべての生き物と事物とを、自分を通して放出しなければなりません。人間も人間以外も、生きているものも命を与えられていないものもすべて。物も人も近くから、最大限に厳粛な気持ちでじっくり観察する必要があります。それらをわたしの内にとりこみ、人格を与えるのです。

このときわたしを助けてくれるのが、まさに優しさです。というのも優しさとは、人格を与える技術、共感する技術、つまりは、絶えず似ているところを見つける技術だからです。物語の創造とは、物に生命を与えつづけること、人間の経験と生きた状況と思い出とが表象するこの世界の、あらゆるちいさなかけらに存在を与えることです。優しさは、関係するすべてに人格を与えます。それらに声を与え、存在のための時空間を与え、彼らが表現されるようにするのです。優しさによって、ティーポットは口が利けるようになりました。

優しさは、愛の最も慎ましい形です。福音書や聖歌には登場しない、それにかけて人が宣誓したりしないし、それで表彰されたりもしない、そういう種類の愛です。紋章も象徴も持たず、人を罪にも嫉妬にも導きません。

それはわたしたちが、べつの存在、つまり「私」ではないものを注意ぶかく集中して見るときにあらわれます。

優しさは、自発的で無欲です。それは感情移入の彼方へ超えゆく感情です。それはむしろ意識です。あるいは多少の憂鬱、運命の共有かもしれません。優しさは、他者を深く受け入れること、その壊れやすさや掛け替えのなさや、苦悩に傷つきやすく、時の影響を免れないことを、深く受け入れることなのです。

優しさは、わたしたちの間にある結びつきや類似点、同一性に気づかせてくれます。それは世界を命ある、生きている、結びあい、協働する、互いに頼りあうものとして示す、そういうものの見方です。

文学は自分以外の存在への、まさに優しさの上に建てられています。それは小説の基本になる心理的メカニズムです。この奇跡的なツール、人間のコミュニケーションの最も洗練された方法のおかげで、わたしたちの経験は、時間を超えて旅をして、まだ生まれてもいない人にもめぐりあいます。わたしたち自身やわたしたちの世界について、わたしたちが書いたことや語ったことに、やがて生まれる彼らもいつかはたどり着くでしょう。

そうした彼らの生活がどうなっていて、彼らがどんな人なのか、わたしにはまったくわかりません。でもわたしはしばしば彼らに対し、責任と恥を感じます。

わたしたちがいま策を見出そうとしている、そして世界を救うべくわたしたちが立ち向かおうとしている、気候と政治の危機は、無から生じたわけではありません。わたしたちはしばしば忘れているのですが、これは運命とか天の定めなどではなく、経済と、社会と、世界観(ここには宗教も含まれます)についての、きわめて具体的な方策と決断の結果です。欲ぶかさ、自然への敬意の欠如、エゴイズム、想像力の欠如、きりのない競争、責任感の欠如――こういったことが世界を、細かく切断し、使い捨て、破壊しうる、ただの物のレベルへと引き下げているのです。

だからわたしは、語らなければならないと信じています。世界とは、わたしたちの眼前で絶えず生成しつづける、生きたひとつの全体であり、わたしたちはほんのちいさな、でもそれと同時に力強いその一部であることを語る、そういう物語を。

（1）ここで「わたしは」と訳したのは、ポーランド語のbe動詞にあたる動詞być の一人称単数形“jestem”。この一語で「わたしはここに存在している」という意味にもなる。二〇〇七年発表の『逃亡派』（小椋彩訳、白水社、二〇一四年）で繰り返されるキーワードの一つ。
（2）もうひとりの私（ラテン語alter ego）。
（3）広場、集会の場（ギリシャ語agora）。
（4）寓話は世界を象徴的に表す。その登場人物や描かれる事件は、人や歴史や世界に関する普遍的真実を示唆している。
（5）レビヤタンとも表記される、旧約聖書に登場する海の怪物。巨大さや多様性のシンボル。
（6）紀元前八世紀頃の古代ギリシャの詩人。英雄叙事詩『イリアス』『オデュッセイア』の作者とされる。
（7）ギリシャ神話の英雄。全能の神ゼウスの息子。
（8）叙事詩『イリアス』の主人公。
（9）叙事詩『オデュッセイア』の主人公。
（10）機械仕掛けの神（ラテン語deus ex machina）。古代演劇、とくにエウリピデスが用いたとされる演出技法。演劇を長引かせないために、舞台の上方などから機械に乗って神が登場し、紛糾した事態を唐突に収拾してみせる。転じて、「急展開」のこと。
（11）いろいろな解釈の余地を残した終わり方。

(12) 精神の浄化作用。アリストテレス『詩学』の「悲劇の本質の定義」に次の一節がある。「悲劇とは〔…〕憐れみと怖れを通じ、そうした諸感情からのカタルシス(浄化)をなし遂げるものである」(三浦洋訳、光文社古典新訳文庫、二〇一九年、五〇頁)。
(13) 説話集『千夜一夜物語』の登場人物で、物語の語り手。
(14) 破裂した筋(ラテン語 fabula interrupta)。いくつもの筋に分かれたり、断ち切られたりした物語が、最終的には一つの全体へと完結すること。
(15) モラヴィア生まれの神学者・教育学者・思想家(一五九二―一六七〇)。あらゆる人があらゆる知識を学べることの必要性を訴え、「汎知主義」を提唱した。
(16) ウィキペディア日本語版によると、無料のインターネット百科事典であるウィキペディアは、二〇〇一年一月一五日に、個人のプロジェクトとして立ち上げられた。現在は二五〇を超える言語版で進行し、二五〇〇万項目以上の記事が執筆されている(「ウィキペディアとウィキペディア・プロジェクトについて」二〇二一年七月閲覧)。
(17) イギリスの選挙コンサルティング会社による、SNSを用いた情報操作疑惑。一連の疑惑報道を受けて事業継続困難に陥ったとして、ケンブリッジ・アナリティカ社は二〇一八年五月に廃業した。
(18) 『マクベス』第五幕第五場の一節を踏まえる。
(19) 一九八〇年代にアメリカで制作された、大富豪の愛憎を描いたテレビドラマ。二〇一七年のリブート版は動画配信サービスにより世界中で視聴されている。
(20) コンピューターゲームを原作としたアクション映画『トゥームレイダー』(二〇〇一年)は、遺跡から宝物を発掘するトレジャーハンターの主人公ララ・クロフトの冒険を描いて世界中で大ヒットし、続編も制作された。
(21) アリストテレスによれば、「起こりうるようなこと」(=虚構)を語るのが詩人であり、まさにそうした虚構を通して「普遍的な事柄」が語られる。そうした意味では虚構とは、「事実」ではないが、「真実」である(アリストテレス『詩学』三浦洋訳、七〇―七四頁参照)。また、本講演の「シリーズもの」批判で念頭に置かれているのもアリストテレスであり、必然的ではない、行き当たりばったりの展開を持つストーリーが、「普遍性を欠く、ゆえに稚拙」として断罪されている(同、七四―七五頁参照)。
(22) E・M・フォースター(一八七九―一九七〇)が一九二七年にケンブリッジ大学トリニティ・カレッジで行った講義をまとめた小説論集『小説の諸相』中の一章「プロット」より。邦訳に、田中西二郎訳(新潮文庫、一九五八年)と中野康司訳(E・M・フォースター著作集8、みすず書房、一九九四年)がある。
(23) ヨハネス・グーテンベルク(一三九四[―九九]―一四六八)は活字とそれを使った活版印刷技術を発明。以降、印刷物が大衆にあまねくわたることになった。
(24) デンマークの作家アンデルセン(一八〇五―七五)の童話『お茶のポット』(初版一八六三

年)より。

(25) なんらかの霊的空間、全体性をもった世界・環境(ドイツ語 Raumgeist)。

(26) 一五世紀末からの一〇〇年間で、五〇〇〇万人以上のアメリカ先住民が、伝染病や紛争、奴隷化によって死亡したと推定されるが、これは当時の全世界人口五億人のおよそ一割を占める(ユヴァル・ノア・ハラリ『サピエンス全史・下』柴田裕之訳、河出書房新社、二〇一六年、五四―五五頁参照)。なお、この悲劇は当時の環境や気候にも影響を及ぼした可能性があるものの、人口激減が森林再生、およびヨーロッパの小氷期の要因としての二酸化炭素濃度の低下につながったという説については、これを提唱するイギリスの研究チームの論文(二〇一九年)を裏付ける証拠が見つからなかったという研究結果が、二〇二一年四月三〇日付で学術誌『サイエンス』に発表された(ナショナルジオグラフィック日本版サイト「米先住民の大量死は17世紀の寒冷化に影響した? アマゾンで検証」https://natgeo.nikkeibp.co.jp/atcl/news/21/051700235/ 二〇二一年七月閲覧)。とはいえ、小氷期について多くの科学的仮説が存在することは本講演でも示されている通りである。

(27) アメリカの気象学者エドワード・ローレンツ(一九一七―二〇〇八)が一九七二年に行った講演に由来する。蝶の羽ばたきのような些細なきっかけが、遠方のトルネードのような甚大な結果につながりうるという比喩的表現。

(28) 「一なる宇宙」(ラテン語 unus mundus)。ユングによって広く知られるようになったイデアで、世界を、いかなる分断もない、すべてが現出し、すべてが還る統一体と見る。
(29) 天才音楽家アドリアン・レーヴァーキューンの生涯を描く長篇小説。一九四七年刊。邦訳に関泰祐・関楠生訳(全三冊、岩波文庫、一九七四年)ほかがある。

「中欧」の幻影《ファントム》は文学に映し出される

——中欧小説は存在するか——

久山宏一 訳

みなさま！

わたしの出身地、一般に「中欧」と呼ばれているその場所についてお話しするのは、容易ではありません。この概念そのものが多くの困難を突きつけてくるからです——それは、かなりあたらしく、はっきりしておらず、定義し尽くされていない概念です。わたしがみなさまにお話ししようとしているのは、世界のなかのそうした場所、とくにその地域の政治的・文化的地図で広大な面積を占める重要な国ポーランドで、生まれる文学についてです。

まずは、じっくりと考えてみましょう——「中欧」とは何か？　そもそもそれは存在するのか？

このうえなく大雑把なとらえ方をすれば、それは、西欧と東欧の影響が交差する、ドイツとロシアの間のかなりの問題を孕《はら》んだ空間、一方にも他方にも完全には属さない、一種の「帰属不明のベルト地帯」です。

太陽に向かって成長する向日葵《ひまわり》さながら、西欧の軌道を動いていますが、西欧には属していません。しかし同時に、この地域は自らの世界に深く根を下ろしていて、西欧の影響に免疫性がある文化に属するわけでもありません。つまりそれは、中間地帯のようなものです。西欧との近さが、この地域から創造的な力を干上がらせ、言語・神話・流行の影響が押し付けられることで、その文化的特性の弱さは覆い隠されています。

以前からすでにときに用いられることのあったこの概念の現代における出世は、一九八三年に、ミラン・クンデラ(1)の著名なエッセイ「誘拐された西欧または中欧の悲劇(2)」の発表とともに始まります。中欧の存在は、まず「中欧人」自身に奇異の念を抱かせ、しかし、興奮させもしました。わたしたちは喜んだものです――こうしてわたしたちは、ようやくなんらかの全体になるのだ、わたしたちは小さな民族集団の集積ではない、そうではなく、数千万人から成る文化なのだ、内的に一様ではないかもしれないけれど、いくつかの共通のベクトルで記述され得るような文化なのだと。中欧諸国の大半はここ二〇〇〇年の間、独立国家をつくっていたことは稀で、むしろ大帝国の一部分にすぎませんでした。一二〇〇年以上にわたって分割され、それぞれの部分が、ロシア帝国、プロイセン王国、多民族から成るハプスブルク君主国に組み込まれていた、ポーランドのようにです。すなわちクンデラは、あたらしい地域の存在を喜ばしくも告知して、人びとを仰天させ、かなり珍奇な状況を引き起こしもしたのです――すべては発見され、過ぎし五世紀間に企図された探検と旅行の日誌に記述されてしまい、もはや空白の場所などまったくないはずの世界地図上に、あたらしい土地が現れたのですから。

クンデラに続いて、歴史家たちが慌ててペンをとりました。ティモシー・ガートン・アッシュ[3]は、このテーマについての根幹を成す素晴らしいエッセイ「中欧は存在するか」のなかで、しばしばこの地帯が、ソヴィエト・ロシアという氷河が後退した場所にぽっかりと姿を現した氷堆石湖《モレーン》のようなものとして認識されることを認めたうえで、「この地域の研究は、ソ連学への補論ではなく、それ以上のなにかであり得る」と考えました。なにしろわたしたちは、ソ連が誕生するよりずっと前から、ここにいたのですから！

そこで、人びとは地図を引っ張り出し、鉛筆を優雅に引いて、この地域をその上に描こうとし始めました。「私たちの故郷のこの小世界は、なんと野蛮で苦いことだろう」――ハンガリーの作家シャーンドル・マーライ(4)は書きました。「ハンガリー人、ドイツ人、ユダヤ人、スラヴ人を煎じてできたこの汁――なんと苦い液体だろう！しかし、力と本物の味を持っている！　これを一度味わってしまうと、それ以外の人間の食べ物はすべて、慢性胃腸疾患を病む患者のための病人食に思えてくるだろう」マーライが念頭に置いていたのはハンガリーですが、中欧の最初の境界線もまた、ハプスブルク君主国の文化的・地理的・政治的領域の周辺に引かれました。パウル・ツェラン(5)の認識も似ています――彼は中欧を、ハプスブルク君主国のかつての田舎、歴史の喪失によって傷ついた巨大な土地と呼びました。チェスワフ・ミウォシュ(6)は、中欧は地理的概念ではなく文化的概念であると言い、クンデラは、中欧は文化であり運命でもあると主張していました。アッシュが書いているところでは、それは魂の王国であり、星雲のような不定形性と普遍的かつ理解可能な西欧の経験への翻訳不可能性を均一化しようという要求から生まれたユートピアであり、意味の存在、すなわち、今後、自らの、あなた方の、そしてわたしのものとして認識されるだろうより大きなものへの帰属への憧れです。

こんにち、幻影《ファントム》としての中欧の領土的野望は拡大しました。バルト海が北の境界線であるのは確かです。同様にして、西の境界線はエルベ川とライタ川(7)(それらは、ローマ帝国の勢力圏と農奴制の境界線でもあります)、東はドニエプル川です。熱い議論の種になるのは南の境界線で、バルカンは中欧に属するのか否か、という相変わらず未解決の問題が顔をのぞかせます。

こうした地図のあるべき姿がどのようなものであろうと、幻影《ファントム》としての中欧についてさんざん問い詰められて疲れ果てたわたしたちとしては、善意から、こう言っておきましょう――「わたしたちは、前提とするのです――中欧と呼ばれるものはある、仮にそれが、まずはその概念に好意的な知識人の頭脳のうちに存在するものだとしても」

こう問われるかもしれません――知識人の頭脳のうちに存在することは、十分条件ではないかと。ある意味で、すべては頭脳のなかでその存在を始め、そこに自らの居場所を見出します――民族も文化も、個人の個性をかなりの程度作り上げているといわれる共同体感覚のような、概念や構造はすべて。わたしは、中欧が頭脳のうちに存在してくれて、大いにけっこうだ、と思います。そのような存在であってくれれば、わたしたちはもはや、いかなる追加の規定も契約も統合推進派の政治家も必要としないわけですから。

中欧は、共通の宗教的・民族的・文化的・言語的アイデンティティを知りません。「現実社会主義[8]」の経験がとても強く中欧をまとめているように見えるとしても、それは各国において、まったく異なった相貌を持っています。ポーランドにとって、それは占領と崩壊の時代でしたが、たとえば、こんにちもう存在しないユーゴスラヴィアの国民にとっては、少しも悪くない繁栄と平和の時代でした。同様にして、この地域にとても明確に存在した、ロシアの帝国主義的支配欲に対する関係性も、およそ一義的ではありません。たとえば、ブルガリアにとってロシアは常に役に立つ支援者であり、トルコの影響からの守護神ですが、ポーランドにとっては数世紀に及ぶ抑圧者です。

わたしの中欧経験は、まずは、読者としての経験です。それゆえに、とても個人的でとても直観的なものです。しかし、この地域のさまざまな特性の特徴的な複合は、ほかならぬ文学においてとくによく見分けられ、それ以外の何においても、このような結合と濃度で立ち現れてはこないと、わたしは疑いません。

文学は、その種《しゅ》としての特徴と形成の条件において、生物学的形態の多くとさほど違いません――それらと同じく、一定の場所で成長し、その影響を被るのですから。文学に影響を及ぼすのは、気候、地勢、日照時間(これは間違いありません)、この地域に住み着く人びとの気質、そして土地の歴史――さまざまな出来事の繰り返しですが、それは、習慣、習性、習俗、時間・自然への態度、さらには物質文明を構築します。こうしたすべての結果として、文学は、形、匂い、成長を育つ土地に負う植物に似るのです(グローバル世界を支配する英語圏文化が、非常にあからさまに己れの標準をほかの文学に押しつけてくるこんにち、この事実は、しだいに拭い去られつつあります――これは、遺伝子組換え食品の栽培が広がっていく状況とやや似通っています)。

こうした有機体を使った隠喩をさらに続けるならば、わたしは、中欧小説は菌糸体の特性を持つ、と言ってみたいのです。これは、ゆっくりと死に絶えていったものの上に、すなわち、第一次世界大戦勃発とともに終わりを迎えつつあった世界の堅固さと予測可能性の上に、生育しはじめた有機体です。

周縁性

多くの人びとは認めようとしませんが、中欧は西欧の周縁です。もしかしたら、ほかならぬそれが原因で、中欧人の多くは自文化に対して、ときに二律背反的な態度をとるのでしょう。一方ではしばしば、自文化のある種の未熟さを確信していると同時に、それを低級であり、発展しきっていないものとして軽蔑します。もう一方で、その文化は独自で例外的なものであるがゆえに、格別なものであると言って自慢し、その際、その翻訳不可能性、完全な異質性と文脈性を強調します。このような内的に矛盾した立場を代表していたのが、チェスワフ・ミウォシュと、ヴィトルド・ゴンブローヴィチ(9)でした。『フェルディドゥルケ』の作者は、こうした神経症的な結び目を、「未熟」「永遠の形探し」として精密に記述しています。西欧文化は近代的で魅力的であるとして称えられ、志向と模倣の目標になりますが、同時に自文化の繊細な細胞組織への脅威でもあります。ゴンブローヴィチによってかくも知的に分析された葛藤を、現代の社会学者や歴史家は、周縁的・ポストコロニアル的状況に典型的なものと呼んでいます。作家たちは、西欧の標準に適っていると同時に自らの周縁的伝統への愛着を満たしてくれる形を探すことで、この問題を解決しようと試みます。ほかならぬこうした「形との闘争」が中欧小説を際立たせ、ある特殊な小説の種《しゅ》に凝固することを許しません。それはいわば、小説家が、こうした本来相矛盾する二重の中欧的性格をそっくり表現できる言語を探し求めながら行う、永遠の運動です。あらゆる代償を払ってでもグローバルで普遍的な形を探し求め、それによってしばしば単純化を許してしまう、西欧文学を見舞った危険に身を晒すまいとして、中欧作家は、意識的に、独自で異質な、正典と認められたものを超える形を探しています。

普遍性とはそれ自身、脅威的なものです。わたしがそれを理解したのは、多民族・多文化的なカナダで生活し創作している、わたしがよく知っている女性——やはり作家です——の話を聞いたときでした。彼女は言っていました——可能な限り多数の読者（マーケティングの専門家の巧妙な定義によれば、いわゆる幅広いターゲット）に作品を届けたいという野望を抱いている作者は、必然的に厳しい自己検閲を行わなければならない、と。つまり、特殊な地方的慣用語法、ラテン語での引用、具体的な文学作品への言及などを自らに許してはならないのです。地方的なるものは、異国情緒あふれる調味料のように調合しなくてはならない、すなわち、その味が知覚されるように、しかし、読者が慣れている食事の味を甚だしく変えることがないようにしなければならないのです。

中欧の作家であるわたしにとって、これは警告《メメント》のようなものでした。彼女の話は、多数の人のために書く作家は多くを失うかもしれない、という事実のとても的確な解説だったからです。

わたしたちは文明化されているか？

西欧の住人にとって、文明化されていないものは、常に外にありました。それは、海の彼方にある遠いものでした。西欧は植民地支配の経験を持ち、それが己れの生国の恥ずべき欠陥を覆い隠すのを助けると同時に自己治癒的な転嫁を可能にしていたのです——恥ずべきもの、不都合なもの、己れの文化的標準から離れたものはすべて、海の彼方の領地に住む「野蛮人」に帰せられました。

さて中欧の経験は、まったく異質です——「ここ」にいるわたしたちは文明化されておらず、文明は「あそこ」にある。すべての基準が「ここ」ではなく、「あそこ」にその根拠を持つ以上、それは「自己植民化」につながります。こうしてわたしたちは、西欧文化の基準を己れに対して自発的に適用し、あたかも絶対的な模範であるかのようにそれに頼ることで、休むことなく永遠に西欧の追っ掛けをしているのです。

しかし同時に、ポーランドは、数世紀にわたって欧州の大国の一つであり、過去においては自らが東方の土地の植民者であり、ほかの諸文化に対して「文明化を行う主体」の役割を演じようとしていました。わたしたちは、いわゆる東方辺境[10]に、自らにとっての「野蛮人」を抱えていました。この時代はポーランド人の心情に、輝かしき時代として、わたしたちから剝奪された天国として残りました。神話的な記憶は、とりわけこの時代に嬉々として立ち返ります。

中欧もまた自ら、「キリスト教の防壁」すなわち「西欧文明の壁」神話を拵えました。この概念はたぶん、地方であることに心理的な居心地悪さを感じていたのと、そこに起因する、自らに重要性を付与したいという要求から生まれたのでしょう。次々と流入してくる「野蛮人」、まずは非キリスト教として理解された人びとから西欧を守る防壁・要塞のイメージは、たとえばポーランド人の集合的自己認識の基盤になりました。ポーランド王が同盟軍を率いて、ウィーンを包囲したオスマン帝国軍を撃退させたウィーンの勝利(一六八三年)や、ポーランドがヨーロッパをボリシェヴィズムから守ったポーランド・ボリシェヴィキ戦争(一九一九―二一年)は、ある意味で、これら「周縁」の建国神話です。

破局の経験

現代の中欧は、破局後の世界です。二度の大戦はとくに大きな痛みを伴いながらこの土地を席巻し、物質的・精神的秩序を灰燼《かいじん》に変えました。この領域においては、数百万の人びとが、特別な「死の収容所」――そのうち最も残虐であったアウシュヴィッツは、その象徴になりました――で計画的に殺害されました。ある意味で、焼却炉の煙は今もこの土地の上に棚引いており、子どもたちは今も戦争ごっこをして遊んでいます。古い石造集合住宅の改修中には相変わらず不発弾が発見され、戦争はとても重要な節目となっていまだに「前」と「後」の時を区切りつづけています。ホロコーストはわたしたちを、幾世代にもわたる完全なショック状態に陥れました。

わたしは、次のように言っても、言い過ぎではないと考えています――「その破局の経験が顕在化してくるのは、とくに中欧の住人が西欧の豊かで閑静な都市にやってきたときである」と。スイス人やバイエルンのドイツ人と話していると、中欧人は、自分が人生の苦汁をなめた老人であるかのように感じるのです。マーライは、日記に次のように認《したた》めたとき、おそらくこのことを念頭に置いていたのでしょう。

「スイス人は恐れている。豊かであるがゆえに恐れている。私も恐れているが、違った風にだ。彼らは、自分の生活様式、計り知れないほどの富、冬眠前のハムスターが食物を備蓄するようにして集めた財産を失うのを恐れている。私が恐れているのはただ一つ、私の意識よりも強力なものが竜巻のように私を拉致し、奈落へと引き込む瞬間が訪れるかもしれないということだ。この豊かな都市でずっと暮らしてきた住人のなかにたった一人でも、ブダ「解放(11)」後のある朝、私がそれまで一八年間住んでいた通りに立ったときに、そして、廃墟となった建物と住居の向かいにある縁石に腰を下ろしたときに感じていたことを、理解する人がいるとは、信じられない。だめだ、ここでは、誰もそれを理解するまい」

このトラウマは相変わらず存在し、どうやら、遺伝性のようです。

全体主義の経験。個人対全体主義的・反個人主義的機構《メカニズム》

中欧小説を創始した父の一人であるカフカは、わたしたちの多くにとって、遠からぬ将来に、二つの人類史上最大の全体主義——ファシズムと共産主義——として勃興するだろうものを予見し記述した、霊媒師のような存在です。しかし、破壊の機構《メカニズム》

は政治または思想のレベルにおいては彼の関心を惹かず、関心を惹いたのは、根底的な側面においてでした——それは、一旦作動し内面化すると、社会構造を分断し、その際、個人を、個人を代表する権力から完全に疎外させ、個人から、現実への影響力をすっかり奪ってしまう人間間の機構《メカニズム》です。全体主義体制において人びとの生活は、権力側がありとあらゆる方法で実現していく、全面的統制の下に置かれています。権力は行動の基準と規範を定め、国民の社会的身分を規定し、公的な行動の方針・領域・限界を定めます。そして市民に、「どのように生きるべきか」「何に価値があるか、価値を奪われたものは何か」を知らせます。社会生活は存在しなくなるので、個人は自己の内奥へと退行し、孤立して、己れに拘泥し、延命に注力します。権力から容認された文学は、権力に仕えはじめます。時とともに、闘争、または体制批判を行うわずかな可能性すら行使しなくなり、己れ自身と内面生活で手一杯で、現実逃避的になります。

カフカはノートにこう書いています——

「その人物に対して身を守るすべがなかった。テーブルのそばに静かにすわり、テーブル台を見つめていた。円をえがいて迂回したが、その人物に締め殺される気がしてならなかった。わたしのまわりを三人目の人が迂回していたが、わたしに締め殺される思いがしたらしい。その三人目のまわりを四人目が迂回して、やはり三人目に締め殺される気がした。こうして順ぐりに天体の運行にまで及び、さらに外へとひろがっていく。一切のものが首元に締め上げてくる手を感じている[12]」

この非凡な隠喩は、全体主義体制が個人を、各々が同時に死刑執行人であり死刑囚、弾圧者であり弾圧の対象となるように対峙させるさまを、驚嘆すべき的確さで示しています。

ルセ(現ブルガリア)生まれで、死去したのはスイス、ウィーンに住み、さまざまな世界とさまざまな言語の間を旅した、傑出した作家エリアス・カネッティ[13](この講演ではこの作家にたびたび言及します)は、彼にとって決定的だった、群衆・人の群れとの遭遇経験について書いています。一九二七年七月のウィーンでカネッティは、暴力沙汰となって最終的に九〇人の労働者が射殺されることになる、街頭デモの只中に紛れ込みました。「爾来、私はバスチーユ監獄襲撃がどのようにおこなわれたか、それについて一語も読まなくとも、まったく正確に知っている。私は群衆の一員になったし、群衆のなかに完全に吸収されたし、群衆の企てていることにいささかも抵抗を感じなかった(14)」

群衆の催眠的な力の発見が、個としての人間のまったく別の側面――個人の責任から解放し、集合性と群れの一部分としての無意識のなかで安らかに眠らせてくれるはずの、より大きなものに屈従する欲求――を明るみに出します。群れのなかに埋没することは、暴力、そして専制への屈従に合意することでもあります――まるで、一人一人の個人性とは、あまりにも濃密で堪えがたい何物かであるかのようです。一九五〇年代末に擱筆《かくひつ》された『群衆と権力(15)』は、カフカが書いていたのと同じ機構《メカニズム》を理解する試みです――それは人間の管理を引き受けるものであり、一方、人間のほうでも自ら、それによってすっかり自由を奪われてしまうにもかかわらず、なにか自分自身にも不可解な道行きで、それを許容するだけでなく、受容してしまうような機構《メカニズム》です。カフカとカネッティの二つのヴィジョンは、ともに、全体主義理解の助けになりますが、これは、現代資本主義世界――そのなかで人間はまたしても、機械の歯車、客体、そして自由・空間・時間を掠奪する怪物並みの大きさに拡大したグローバル機構《メカニズム》の犠牲になりつつあります——の記述としても、実に見事に通用します。

社会体制としての二〇世紀の全体主義と二一世紀のネオリベラル的資本主義は、個人主義の発展におけるある病的段階の外部への投影にすぎず、個性を無化し、万物を包む体制の翼の下に個人を捕獲しようとする、集団的で神経症的な試みである、と診断できます。

中欧小説の模範は存在するか?

仮に中欧小説なるものが存在するとすれば、その礎石となる作品の一つは、エリアス・カネッティの『眩暈《めまい》』です。バルザック『人間喜劇』に比肩する規模の連作の第一部として構想され、一九三〇年代初めに二〇代の著者によって書かれたこの小説は、こんにちでも大きな印象を与えます。わたしは一〇代のときに初めて読み、その後幾度か再読し、そのたびに、自分が読んでいるのはジョイスの『ユリシーズ』よりはるかに大きな意義を持つ、革命的な小説だという確信を強めました(奇妙な運命のはからいにより、二人の作家は、最後はチューリッヒの墓地で隣り合って葬られています。こうした偶然はときに、最良のオチを提供してくれるものです)。作者自身の告白するところでは、この本のアイデアは、ウィーンにおける労働者の騒擾の渦中に目撃した、小さな事件から芽生えたそうです。偉大な小説はしばしば、まさしくこのようにして一つの映像から生まれます。

「炎上中の裁判所庁舎からほど遠からぬ、それでもとにかくしかるべく隔たった横町に、ひとりの男が群衆からきわめて画然と離れて立ち、両腕を高くふりあげ、頭のうえで両手を絶望的に打ちならし、何度も繰りかえして《ファイルが燃えてる！ファイルが全部！》と嘆き叫んでいた。《人間よりは増しです！》と私は彼に言ったが、しかしそれは彼の関心をひかなかった。彼の念頭にあるのはファイルのことだけであった。私はあるいは彼は当のファイルと個人的なかかりあいがあり、つまり公文書保管人であるかもしれぬと気がついた。彼は慰めようがなかった。私はこのような状況下ですら、彼を滑稽だと思った。しかし私もまたむかっ腹をたてた。《でもあそこじや奴らが人びとを射殺していたじゃないですか！》と私は怒って言った、《ところがあなたはファイルのことを話してる！》彼は私をさながら私がそこにいないかのように眺め、《ファイルが燃えてる！　ファイルが全部！》と何度も嘆いた――彼は離れたところに立っていたが、しかしそれは彼にとって危険でないわけではなかった。彼の嘆きの声は聞きおとされるはずもなかった。つまり私もそれを聞いていたからである[16]」

この名の知らぬ人物が、常軌を逸したキーン教授という主要な登場人物の原型になりました。

内容を大づかみにお話しするならば、これは、一人の人間――書物と自分の書庫に身を捧げた中国学教授――の失墜の物語、より正確には、「知恵ある人《ホモ・サピエンス》」の一変種である、ある型の人間の終末です。しかし、この小説でいちばん重要なのは内容ではありません。これは、肖像画の集積としての小説であり、事件はむしろ、いち人物の、次第にグロテスク化していく、ある意味でおよそ忌まわしい諸特徴を次々と開示していく口実なのです。

さて、独り者で人間嫌いの中国学教授キーン氏、この偏執狂的愛書家は、結婚を決意します。花嫁は自宅の家政婦テレーゼ。やがて夫と妻は、精神的にも階級的にも、いうなれば存在論的にまったく別の世界に属していることが明らかになります。テレーゼにとって、夫の世界は不可解です。書物は特定の具体的価値を持つモノであり、書庫は、あまりよくわからない目的で書物が蓄積されていく場所です。小説にはこの二人以外にも、同じくらい丹念に彫琢されたその他の人物たちが出てきます。鍵穴から通行人を覗き見している、野卑さと無意識かつ無償の暴力の典型である鍵番。グロテスクな「力の意志」にとり憑かれ、名声と出世を夢見ている、侏儒《しゅじゅ》症のチェス棋士。彼らはみな、内省力も己れの世界から自由になる力も持たず、限定された室内空間を動き回りながら、事件に参加します。彼らは相互関係を模倣するのみで、社会生活のグロテスクな代替物に参加しているのです。

わたしたちは、客観的になりようがない世界に参加します――なぜなら、それは人物から構成されていて、わたしたちは登場人物たちの目を通して、もっぱらそういうものとして世界を見るからです。とはいえ、彼らの視点は信頼に値しません――なぜなら、人物たちは自分に意識的でなく、ある意味で彼らと世界の間に、お互いがお互いをつくるという逆説的な関係が生じるからです。人間――この場合、小説の登場人物たち(しかも、人間的な生物ではおよそなく、ジョージ・グロス(17)の絵画に出てくるような、人間＝面《つら》)は、己れの主権を奪われ、一方では自らの妄想と強迫観念の、他方では状況の犠牲になります。人間の個人性はこれら二種類の影響の組み合わせにすぎないのです。

二〇世紀最大の小説の一つである『眩暈』は、わたしが知るなかで最も急進的な、個人をめぐる文学的研究です。カネッティは、この根本的に哲学的な企図を、衝撃的なほど首尾一貫した、かつ結晶のように純粋な方法で、不条理の限界まで展開しました。ウィーンの市民生活の情景のなかに留まり、市民小説の舞台装置を使いながら、人物たちに極めて精密に集中することによって、市民小説を裏返しています。

『眩暈』ではすべての人物が虫を連想させますが、実際のところ、これは昆虫学的な小説と呼ぶべきかもしれません。これらの虫たちは単子《モナド》(18)的な存在である定めであり、生まれつき、他者と相互理解を行う力を持ちません。己れに閉じこもり、完結していて、ある意味で完全です――なぜなら、彼らが主に取り組んでいるのは、己れの内的現実が存在することの正当化をめぐる事柄だからです。彼らは、自己中心的な内的独白のなかで、自らの存在理由を自己証明し、外からの(自らの不注意さによって鈍らされた)刺激のすべてを、そうした正当性の証明として扱います。彼らの儚い存在は、たえず強迫症的に自己確認を行うことだけに依拠しているのです。

カネッティの認識はその効力を失っておらず、こんにちでも労せずして、この小説の向こうに、別種のグローバルな抑圧、すなわち資本主義的――当時の、また現在の――抑圧を見渡すことができます。描かれている出来事は、すべて現代の西欧世界のどこで起こってもおかしくありません。登場人物たちは、世界やほかの人びとと現実的に接触する能力を持たない単子《モナド》です。コンピューターのスクリプト言語の支配下に留まる人びと、プログラムから構築され、プログラムの内部を動き回る人びと。ここでは、いかなる自由もいかなる真の絆も問題外です。あるのは、偶然と状況の結びつきです。

この円形刑務所《パノプティコン》の個々の細部を漏れなく取り扱うことは、心理学的な病理診断となります――なぜなら、そうした診断は、伝記的に説明することも、これらの人物をある心理学的プロセスのなかに根づかせることも、一切を不可能にするからです。心理の代わりに機構《メカニズム》と処理手順《アルゴリズム》の記述があります。これはカフカが目指したのと同じ方向性であり、現代の散文では比較的稀にしかお目にかかれない方向性です——もしかしたら、ポストモダンの不注意な読者にとってはあまりにも要求が厳しく、グロテスクなほど陰鬱な方向性なのかもしれません。

カネッティの小説は、すなわちカフカの認識を引き継いでいるのです。この方向性は、一部の中欧作家たちも惹きつけています——遠く離れた現代において、これを援用しているのは、殊に、オーストリアの作家クリストフ・ランスマイアー[19]と、ポーランドの作家マグダレーナ・トゥッリ[20]の作品です。

記号を探し求める言語

ユダヤ文化が数世紀にわたって、霊感の源として存在していなければ、中欧文学はなかったことでしょう。カバラを源泉とする言語との関係は、解読されるべき記号、自らのテクストによって返答すべきテクストとして世界を形成しました。独自の理解による解釈学の影響は、言語を作家の関心の中心に据えました。中欧において、言語への執着、言語の美と可能性は、常に高く評価されていました。あるいはそれゆえに、中欧の多くの国では、こんにちまで、韻文の方が散文より評価されるのかもしれません。これは小説に特別の影響を与えました――現実的な作品になりきれなかったのです。古典的リアリズム小説は、通常、それ自体が価値であるような言語ではなく、媒体として透明な言語を求めますが、「どのように」が「何を」よりも強力な世界では、リアリズムは言語遊戯や隠喩に融解します。中欧小説は、したがって、西欧の市民小説とは異質の土台の上に打ち建てられた、根底からの別物なのです。

ここでわたしに思い出されるのは、ゴンブローヴィチの最も興味深い小説の一つ、『コスモス』[21]です。彼は自ら、作品の特徴を次のように規定しています。

「『コスモス』は、なんらかの物語――たとえば悲劇的な愛――を物語る、普通の小説ではない。この小説はその物語の誕生そのもの、現実の誕生、現実がいかにして私たちの連想から不恰好かつ歪《いびつ》に生まれるかを語る……あたかもそうした形成が、軋み、抵抗、虚偽を引き起こすはずなどなかったかのように。不恰好な構造は、たえず混沌に陥る。『コスモス』は、書かれる間に、自らが自らを作り上げる小説だ[22]」

不注意な読者は一見して、『コスモス』を推理小説のジャンルに数え入れることでしょう。しかしすぐに、これがこのジャンルの前提条件を不合理化に導くような、探偵による追跡捜査の一種グロテスクな模倣であると気づくことでしょう。作者自身、『コスモス』は平凡な方法で非凡な世界へ、世界の舞台裏のような場所へ連れていく」と言っています。殺人犯の捜索が、それによって世界が構築されている、いやむしろ、構築されているとわたしたちの思いたがっている、さまざまな記号の追跡に変わります。世界とは、己れを取り巻く現実の多義性に、認識的にも感情的にも堪えられない、わたしたちの恐怖に満ち溢れた神経症的な頭脳の産物だからです。わたしたちは間断なく、現実に意義と意味を与えつづけなくてはいられません。外見的には単純な物語が、現実の揺れ動く構造を示し、物語・因果関係・事件の契機に対するわたしたちの素朴な信頼を一笑に付します。同様にして、言語も信頼に値しません。その伝達機能は大いに疑わしく、それは、わたしたちがさらに遠くへジャンプするための踏切板にすぎないのです。

このように認識するゴンブローヴィチを支持するのが、カネッティです――「私は、人びとは話し合っているけれども理解し合ってはいないことを理解した。人びとの言葉は、他人の言葉から跳ね返ってくる一撃である。言語は伝達手段であるという見解ほど、大きな幻想はない。私たちは誰かに話すが、自分が理解されないようにである。私たちはさらに話しつづけるが、彼はさらに少ししか理解しない。私たちは叫び、彼は返答して叫ぶ――文法ではごく小さな位置しか占めていない感嘆符が、言語を支配する。怒号がボールさながら、向こうへ、またこちらへと跳ね、あちこちに一撃を配り、地面に落ちる。対話者のなかに浸透することは稀、仮に届いたとしても、歪曲されていることがほとんどだ」(『言葉の良心』[23])。

これは、西欧、とくにイギリスの作家が占めているのとは極端に異なる立場です。西欧の小説、こんにちその形が小説全体の概念をとても強く規定してしまった英語圏の小説は、戯曲すなわち対話の伝統に依拠し、その起源はシェイクスピアにあるといえます。舞台上の人物たちの対話の周辺に、次第に大きく詳細なト書きが成長し、挙句の果てに、そこから小説が生まれたのです。

臆面もなく大雑把に要約すると、西欧の小説が言語への信頼から誕生したとすれば、言語への信頼の欠如、不信と懐疑が中欧小説の恒常的特徴なのです。

「小言語」と「小民族」の集積《コレクション》

中欧文学に、一つの共通言語はありません。それはいわゆる「小言語」の集合です。ポーランド語も、世界にその話者はおよそ六〇〇〇万人いますが、小言語です。

シャーンドル・マーライは、「小言語」で執筆していることに同情する人に、こう答えています――「ハンガリーの作家であることは、およそ不幸ではない！　ある意味で悲劇的なのは、私が祖国に住めないこと、国内のハンガリー語読者のために書けないことだ。しかし、小民族の神秘的で孤独な言語で書くことは同時に、作家にとって大きなチャンスでもある。どの言語でも、読書人は同じくらい少人数のグループだ――作家と同じことを考え、感じる人たちはつねに少ない。英語話者は五億人いるが、とても多くの素晴らしい英語作家が、その生涯の傑作をその五億人にほとんど知られぬままに、生きているし、生きていた――数が大きいことが、作家にとって、創造的な意味でより大きな「可能性」を意味するわけではない」マーライは、自らをこう慰めます。

でもわたしは、これほど楽観的になれそうもありません。小言語は、世界文学の大海原に漕ぎ出るうえでの大きな障害です。小言語作家はより少数の読者によってしか読まれず、比例して反響もより乏しく、職業作家になるチャンスがより小さいことも、その理由です。こうした状況において、また現在の経済条件を考慮すると、数百頁もあるような大河小説や長篇小説の執筆は、ほとんど不可能になります。その後、作品をグローバルな諸言語に翻訳することについても事情は似ています。小さきものは滅びるのです、残念ながら。

しかしわたしを慰めるのは、毎年の習いとして、小言語たちの死が、まるでヴェネツィアがもうすぐ迎える潟《ラグーン》への水没とまったく同じように、宣告されることです。そのヴェネツィアは、今も地上に踏ん張っているではありませんか。

流動性、不安定さ、亡命

中欧は、二〇世紀を通して、間断なく脅威にさらされてきた場所です。動乱と戦争、政治的不安定が次々と亡命の波を引き起こしてきました。その運動の方向——常に西向きの——は途切れることなく実質的にこんにちまで続いています。西欧世界はそこから、優れた才能ある人びとをかき集めていきます。中欧は、製材業者の苗木を育てる苗床のようなものです。この現象を押しとどめる——引き返させることなど論外ですが——ことができるような政策の類は、実際のところ、これまでに一つとして現れていません。したがって中欧は、落ち着かず、永遠に活動する、脈打つ火口に似ています。ここでは生活するのが難しく、折に触れて溶岩が爆発し、世界中に人間たちと思想をまき散らします。

これは、中欧空間の特徴です——芽生生殖《がせい》(24)すること。結果にはおかまいなく、途切れなく生産する世界の子宮です。ここでは、いちばん良いものは失われなくてはならず、巣を構え果実が成るのは別の場所です――アメリカでも、どこか神話的な西欧でも、どこでもいいのです。仮に帰ってくるとしても、再び体内に取り込むのが難しい異物としてです。芸術の方向性、思想、哲学の潮流についてかつて起こった、そしていま起きているのはまさしくこれで、心理分析が近代心理学の基盤を作るには、一度ウィーンを離れるのを待たなくてはなりませんでした。

中欧の国土や国家は不安定であり、その国境は動きます。島国の人びとにとっては、こうした絶えざる過渡と不確定の状態はなかなか理解しづらいことかもしれません。海岸線や高山のような自然の国境は有無を言わせませんが、わたしたちのところでは、国境は講和会議のテーブルに座って定められるのです。

南西ポーランドに位置するクウォツコ地方(25)――わたしは、この地域ととくに近い結びつきを持っています――が、第二次世界大戦後、どのようにしてポーランドにたどりついたのかについては、小話があります。すべては一九四五年二月、いわゆる世界の三大巨頭(F・D・ルーズベルト、W・チャーチル、I・スターリン)が、ヒトラー敗北後のヨーロッパを分割したヤルタ会談の最中に起こりました。スターリンは地図の上に身をかがめて、その上に置いた親指で身体を支えたとか。国境線を引いていた彼の秘書は、親指をどけるように頼むのは恐れ多くて、その周りを囲むように線を引き、それによってチェコの領土の一部をかっさらってポーランドに与えてしまうことになったそうです[26]。すなわち、世界は偶然が支配しており、国境と人びとはさ迷っているのです。いずれの戦争も、こうした流動的な国境によって、数百万の人びとを移住させます。都市とそのあたらしい住民は、言語と己れの名称を変えます。ここには、安定したものなど何もありません。

それが理由なのでしょう、ヨーロッパの西側が知性と不合理性の強迫観念を持つのと同じく、中欧の不安の源は不安定性と可変性なのです。ルヴフ[27]生まれのわたしの祖母がそうであるように、ずっと一つの同じ場所に留まりながら、時々の政治的変化につれて、別の旅券と別の国籍を受け取る人がいても、ここではさほど驚くことではありません。流動的で永遠に変わりつづけるこの不安定な世界では、永続せず儚い人間の「私」が、落ち着きのない地図の中で、たった一つの、安定していて信頼に値する点になります。

内面への旅

歴史を説明する方法は二つあります。一つは外向的な説明で、歴史的な出来事を、外部の状況、経済、あらゆる種類の政治的機構《メカニズム》――それは、個人がつくったものでありながら、同時に個人には所属せず、個人の傍らや上に伸び広がっていきます――に起因し、扇動されたものとして見ようとします。もう一つは、「内部」に、実際には「仮説としての内部」と呼ぶべきものに注目することです――これらの隠れた内部の力を、表面への現れによって追跡することです。

そうした内部でのプロセスの地震計測図であるかもしれないのが、文学です。カフカは、自分が未来の反ユートピア世界を描き出しているのを知ることができたでしょうか？　それとも、クンデラが望むように、全体主義を「予感」できたのでしょうか？　カフカは『審判』を書いていたとき、何を考えていたのでしょうか？　あの内奥への旅の志向は、どこから来たのでしょうか？　どこからそうした関心が？

わたしはここで、ジクムント・フロイトがモラヴィア（現チェコ）の小都市で生まれ、人生の大半をウィーンで過ごしたことを思い出していただくべきだと考えます。彼の哲学は、中欧の住人たちの、ある知的・心理的特徴を、すなわち、目に見えて経験される社会的・文化的世界は「地下」に広がる秩序（生物的・祖型的・神話学的）の混沌とした現れであるという確信と予感をそっくり伝えています。彼の理解は、暗号解読、読解、解釈です。「解釈」という語は、本物の出世を成し遂げました。つまり、一気に完成した形で、文字通りに与えられるようなものなど、何一つないのです。わたしたちが手に入れるのは未完成品であり、そこから現実を料理しなければならないのです。

リアリズム嫌いと世界創造

アンジェイ・スタシュク(28)は『私のヨーロッパ』のなかで、面白い問いかけをしています――「なぜ中欧は一度も、偉大な大旅行家を生みださなかったのか？」彼の答えは次の通り――「なぜなら、自らの内面を旅するのに忙しかったからだ」

わたしは彼に賛成します。世界の記述、世界の豊かさの報告(植民地を持たなかったこともその原因)、世界の多様さの考察に、中欧は関心を持ちませんでした。

わたしは自覚しています――中欧文学という具体性に乏しい直観的な観念を説明するために、わたしの個人的な見方でここに選び出した書物たちの一つの共通点は、現実に対するそれらの、いわば非直接的な関係です。不審げに、嫌々ながら現実に接近し、気味の悪い昆虫を捕まえるときのように、布越しにそれを摘《つま》むのです。

したがって中欧は、英語圏の作家の名を轟かせ、パリ近郊セーヴルに「メートル原器」と並んで展示されるにも値する小説の模範のようなものとなって、世界をゆっくりと支配しつつある重厚極まりない心理的・風俗的リアリズム小説を発達させませんでした。一方、中欧の小説は、その前提からして反小説的で、あるいはわたしは最初から、「小説」の語に拘らずに、「散文」と呼ぶに留めるべきだったのかもしれません。小説の基準は、ブルーノ・シュルツ(29)やダニロ・キシュ(30)のような、傑出した作家の場合においても疑わしいのですから。ロベルト・ムージルの『特性のない男(31)』を小説と呼ぶことができるでしょうか？　ミロラド・パヴィチの『ハザール事典[32]』は？

世界のこの地域では、作家の役割についての理解も違います。これは、職業ではありません。これは、ほかの生業のような本業ではなく、人がアンケートの然るべき記入欄に書き込む職業ではありません。これはどちらかというと、仕事、趣味、任務、態度であり使命です。ここでは、人はときに作家であるというだけなのです。

書くことは、冷静で意識的であること、世界と論争関係にありつづけること、世界を自分自身の言葉で注釈すること、間断なく形を探すこと、形を定めること、その後で形を破壊することを意味します。筋書きを道具かなにかのように用いることです。

小説の誕生には、社会的な力のある特別な組み合わせが不可欠であるという、よく知られた見解があります――文化の必要、とくに小説を読む時間を持つためには、十分な教育と金銭の蓄えを有する社会階級としての中産階級が必要であるというのです。そして、ヨーロッパのこの地域では、そのなかで社会が形成された極めて特殊で劇的な条件が理由で、そのような階級はあまりにも弱体で少数であり、この地域の歴史上の難局と経済力の弱さにあまりにも屈しやすく、わたしたちは、強力な市民小説の発展過程の全段階を通過することがありませんでした。抵抗の対象になり得るような、強く際立った主流《メイン・ストリーム》も現れませんでした。それ以外の諸ジャンルの形成も弱々しかったのです。ミステリー、大河小説《サーガ》、翼が生えたかのように軽やかなロマンス小説といった、西欧で成功した作品の複製物も作られませんでした。

こうした欠如は、こんにち、薄着をした後のくしゃみのような影を落としています。「現実に言及せよ」「証言を残せ」という執拗な要求は、ここから来ます。これは基本的に素朴すぎる要求です――小説の本質が「現実の記述」であったことなど一度もなかったのですから。

一方、文学は、完全に独立した世界です。それが、世界について新聞が書いたり、テレビが報じたりする際の書式《フォーマット》に合わなくてはならない理由など皆無です。そもそも「人生の真実」のような何かが、存在するのでしょうか？　そして、わたしたちがメディアで目にする、いわゆる事実とは何でしょうか？　わたしたちは、いつもながら自信満々で傲慢な学者たちが、「革命的」発見によって、現実へのわたしたちのささやかで家庭的な愛着を台無しにし、彼らが互いを否定し合ったり、わたしたちの目の前でさまざまな歴史を折衷したりするところを見ているうちに、事実に対してすぐに免疫性を獲得しています。わたしたちはここで正しくそれを経験してしまいました。現実はわたしたちをたえず騙し、わたしたちがその異版《バリアント》のいずれにもゆっくり愛着するのを許してくれない――それならば、なぜわたしたちはこのいわゆる「現実」を信用しなくてはならないのでしょうか。挙句の果て、わたしたちは自分自身をもそのように取り扱いはじめます――わたしたちは、統計データから捏《こ》ね上げられた虚構の凝塊にほかならないと。

料理長お勧めの一品《Spécialité de la maison》――中欧的なユーモアとグロテスク

中欧のユーモアは、きっと、世界の至るところと同じく、お喋りや、異なるもの・外のものへの風刺から進化したのでしょう。しかしある瞬間、それは、まったく別の経路を選んで、グロテスクのうちに非常な多義性を獲得していきました。グロテスクとは世界の残酷さと不合理さへの笑いによる反応であり、絶望と無力さの笑いであって、専制的に支配されたロシアで創作していたニコライ・ゴーゴリは、そのことをすでに早くから知っていました。非一義性と距離を特徴とするグロテスクは、その非安定性ゆえに複雑な世界を描く力を持っています。細部を捕まえ、それを巨大化し、変形し、怪物化します。これは、最も陰鬱な条件下でも、間断なく笑う心構えができている状態です。グロテスクはおそらく、中欧の最もよく知られた文学的生産品でしょう。

ミラン・クンデラはグロテスクを、次のように説明します――カフカ的世界では、喜劇性は悲劇性に対する対位的要素をつくらない――たとえば、喜劇性が悲劇性と等価で、息抜きになり、浄化力を持つシェイクスピアにおいて起こることとは異なる。カフカにおける喜劇性は、恒常的な悲劇的状況のうちにあり、それを内部から笑いものにし、悲劇から天使の翼を切り取るが、そうした悲劇は病を治しもしなければ、手助けもせず、悪夢になる[33]、と。

世界の大方の読者はこんにち、カフカを陰鬱な作家として考え、彼の本を現代の恐怖《ホラー》小説を連想させる、恐ろしくて気の滅入るものとして読みます。しかし、カフカが初めて知人たちに『審判』の冒頭を朗読したとき、聴き手は——そして作者自身も——腹を捩《よじ》らせて笑ったというではありませんか。

笑わずにいられるでしょうか？　Kの家に朝二人の男がやってきて、彼を逮捕する。寝間着姿のKは彼らに弁解するが、彼らはKの朝食を食べてしまう。あるいは、グレゴール・ザムザがある朝目を覚ますと、巨大な虫になっていて、彼が考えるのは実際のところ、どうすれば時間通りに事務所に行けるか、仕事に遅刻しないかということばかりなのです。

とはいえ、カネッティの世界においても、喜劇性は同じ悪夢的次元を有しています。カネッティがカフカに負うところは大きく、彼の登場人物たちは、一つの新聞から切り抜かれて、もう一つの新聞に貼り付けられた、紙の人形《ひとがた》を思い起こさせます。意思疎通の破産は、最も純粋な形にまで導かれ、いかなる意見の一致も不可能です。それでも、カフカの登場人物たちがまだ意思疎通を試みているとすれば、カネッティの登場人物たちはもはやお互いに意思疎通を行わず、ただ解釈するばかり、しかも誤って解釈するかのようです。ここでは、状況は悲劇的であり、同時に喜劇的です。

中欧の魂について(もし存在するならば)

旅行中、こんなことが起こるとしましょう――旅先でのある夕べに、ワイングラスを傾けながら、人生と書物について、いや正しい順序で挙げると、書物と人生について、話し合っている。そんなときわたしは、ヨーロッパ人の口からよく、「東にいるあなた方はバロック的で、わたしたちは啓蒙主義的だ。わたしたちは理性的だが、あなた方はまだ魂を持っている」という言葉を聞きます。わたしは、彼らにどう答えるべきでしょうか?

ヨーロッパのわたしたちの地域は、死につつあり、崩壊しつつあり、グローバル世界の勢いに融解しつつあります。わたしたちの文化はグローバル化し、わたしたちの小説は理解しがたく、世界的ベストセラーのリストに入ることは稀です。外の人間には、わたしたちは、何かを当たり前に、つまり彼らが書くのと同じように書く代わりに、「おかしなふるまいをしている」ように見えます。わたしたちの文学には、理解できず難しいというレッテルが貼られています。それゆえに、若い世代の作家たちは、この独特な、中欧的ジャンルを見捨てつつあるのです。

しかし当分の間、わたしたち中高年者は、わたしたちの、滅びつつある中欧世界に留まります。わたしたちは、お互いの議論から導き出される秩序や丹念に描かれた地図よりも、はっきりしない星座の意味を望みます。そもそもわたしたちは、めったに秩序を信用せず、どちらかといえば、図像ではなく背景に一票を投じます。わたしたちは、言語自らがその持ち場から退散する瞬間をよく知っていますが、そんなときには、言語はそっとしておく方がいいのでしょう――いずれ、我に返るでしょうから。とはいえ、わたしたちは常に、直截に現実を模倣するにはあまりにもわずかな時間しか持たず、「順番に」という言葉が嫌いで、わたしたちには、事件の継起は凡庸であり、仮面をかぶっていない人物は退屈であると感じられます。わたしたちは、悲観主義者として己れの暗鬱な心理に潜り込むのが、このうえなく心地よいのです。歴史は信用しません――あまりにもたびたび、わたしたちを騙してきたからです。わたししたちは火山の火口のなかに住み、溶岩が固定した形をとるまでの時間の一部となっているのです。

（1）　チェコの詩人・小説家・劇作家（一九二九―）。代表作に『冗談』（一九六七年刊。邦訳は西永良成訳、岩波文庫、二〇一四年）、『存在の耐えられない軽さ』（一九八四年刊。邦訳は千野栄一訳、集英社文庫、一九九八年）など。

（2）　邦訳は『ユリイカ』一九九一年二月号に掲載（里見達郎訳）。クンデラによる「中欧」概念の定義については、『小説の技法』（一九八六年刊。邦訳は西永良成訳、岩波文庫、二〇一六年）の第六部「六十九語」参照。

（3）　イギリスの歴史学者（一九五五―）。邦訳に、『ヨーロッパに架ける橋――東西冷戦とドイツ外交』（杉浦茂樹訳、上下巻、みすず書房、二〇〇九年）、『ファイル――秘密警察とぼくの同時代史』（今枝麻子訳、みすず書房、二〇〇二年）、『フリー・ワールド――なぜ西洋の危機が世界にとってのチャンスとなるのか？』（添谷育志監訳、風行社、二〇一一年）、『ダンシング・ウィズ・ヒストリー――名もなき10年のクロニクル』（添谷育志監訳、風行社、二〇一三年）など。

（4）　ハンガリーの詩人・小説家（一九〇〇―八九）。邦訳に、『灼熱』（平野卿子訳、集英社、二〇〇三年）がある。数多くの作品がポーランド語訳されており、『灼熱』のほか、トカルチュクが引用している『日記　1943―1989』（全五巻）など。

（5）　ブコヴィナ地方チェルノヴィッツ（当時ルーマニア、現ウクライナ領）出身のユダヤ系ドイツ語詩人（一九二〇―七〇）。第二次世界大戦中の強制収容所経験を経て、一九四八年以降パリに定住。セーヌ川に投身自殺するまで、孤高の純粋詩人の道を守り抜いた。二〇世紀を代表するドイツ語詩人の一人とされる。邦訳に、『パウル・ツェラン全詩集』(中村朝子訳、全三巻、青土社、一九九二年)、『パウル・ツェラン詩論集』(飯吉光夫訳、静地社、一九八六年)など。

(6) ポーランドの詩人・小説家・批評家(一九一一―二〇〇四)。第二次世界大戦中ワルシャワで地下出版活動に参加し、戦後外交官になるが、一九五一年亡命。フランスを経てアメリカに渡る。八〇年、ノーベル文学賞受賞。邦訳に、『囚われの魂』(工藤幸雄訳、共同通信社、一九九六年)、『ポーランド文学史』(関口時正ほか訳、未知谷、二〇〇六年)、『チェスワフ・ミウォシュ詩集』(関口時正・沼野充義編、成文社、二〇一一年)など。

(7) かつてハンガリー王国・オーストリア帝国の国境だった。ドナウ川に合流する。

(8) 一九七〇年代にソ連のプロパガンダによって導入された、共産党の統治する国家体制を規定する語。のちに共産主義の批判者によって用いられるようになった(ポーランドのPWN百科事典による)。

(9) ポーランドの小説家・劇作家(一九〇四―六九)。一九三九年以降、アルゼンチン、フランスに住んだ。代表作に『フェルディドゥルケ』(一九三七年刊。邦訳は米川和夫訳、平凡社ライブラリー、二〇〇四年)など。

(10) ポーランド分割以前と両大戦間期にはポーランド領の一部だったが、現在はウクライナ、ベラルーシ、バルト三国領である土地。

(11) 一九四四年一〇月以降、ブダペストを守るハンガリー軍とドイツ軍はソ連軍の猛攻にさらされ、包囲戦を経て翌年二月に降伏した。ブダはブダペスト西側のドナウ川西岸の地区で、激しい攻防の場となった。

(12) フランツ・カフカ「最初の鍬入れだった……」(創作ノート(一九二〇年八月/十二月))(『掟の問題ほか(カフカ小説全集6)』池内紀訳、白水社、二〇〇二年、三二三頁)より引用。邦訳はほかに「断片――ノートおよびルース・リーフから」(『決定版カフカ全集3』飛鷹節訳、新潮社、一九八一年、二四五頁)や、「断章から」(『カフカ　実存と人生』辻瑆編訳、白水社、一九七〇年、一〇八頁)など。

(13) ブルガリアで、スペイン系ユダヤ人の家系に生まれた(一九〇五―九四)。ウィーン大学卒業後、一九三八年パリに、翌年ロンドンに亡命。『眩暈』(一九三五年刊。邦訳は池内紀訳、法政大学出版局、改装版二〇一四年)は小説家としての代表作。社会学研究の大作に『群衆と権力』(一九六〇年刊。邦訳は岩田行一訳、上下巻、法政大学出版局、新装版二〇一〇年)がある。

(14) エリアス・カネッティ『耳の中の炬火――伝記1921―1931』岩田行一訳、法政大学出版局、一九八五年、三一四頁より引用。

(15) 一九三九年起筆、五九年擱筆。

(16) カネッティ『耳の中の炬火』岩田行一訳、三一四―三一五頁より引用。

(17) ドイツの画家(一八九三―一九五九)。反体制的な風刺画で有名。一九三三年、ナチスを逃れてアメリカに亡命。

(18) ライプニッツの形而上学の根本原理。ここでは「相互作用を欠く閉鎖的実体」(『広辞苑』第七版)の意味。

(19) 一九五四年生まれ。邦訳に、『ラスト・ワールド』(高橋輝暁・高橋智恵子訳、中央公論社、一九九六年)、『氷と闇の恐怖』(樋口倫子訳、中央公論社、一九九八年)がある。

(20) 一九五五年生まれ。代表作は、『夢と石』(一九九五年刊)、『傷』(二〇〇六年刊)、『イタリアのハイヒール』(二〇一一年刊)。邦訳に、短篇「夢の町」(沼野充義訳、季刊『真夜中』リトルモア、No. 1 2008 Early Summer 所収)がある。

(21) 一九六五年の作品。邦訳は工藤幸雄訳(『現代東欧文学全集 第六』恒文社、一九六七年所収)。

(22) ヴィトルド・ゴンブローヴィチ『遺書――ドミニク・ド・ルーとの対話』。

(23) カネッティのエッセイ集(一九七五年刊)。トカルチュクが依拠したポーランド語訳は、一九九九年刊行。

(24) 無性生殖の一種。生物体や細胞の一部に芽、小突起が生じ、成長する。酵母や原生動物では母体から離れて新個体を形成する。

(25) 西はオーデル・ナイセ(ポーランド名オドラ・ヌィサ)川を挟んでドイツと、南はチェコとズデーテン(ポーランド名スデティ)山地を共有する、ポーランド領土の南西の端。

(26) 詳細なポーランド地図を開き、右手の親指を下に向けて、ドイツ、チェコ、ポーランド三国が国境を接する辺りに爪の先を当てると、ちょうどポーランドとチェコとの国境線が親指の腹の輪郭と重なるのに気がつく。

(27) 現ウクライナのリヴィウ。

(28) ポーランドの小説家・詩人・劇作家・エッセイスト(一九六〇―)。『私のヨーロッパ――いわゆる中欧に関する二編のエッセイ』は、ウクライナの作家ユーリー・アンドルホヴィチとの共著で二〇〇〇年刊行。邦訳に、「場所(『ガリツィア物語』より)」(加藤有子訳、『ポケットのなかの東欧文学』飯島周・小原雅俊編、成文社、二〇〇六年所収)や、「ババダグに向かって(抄訳)」(加藤有子訳、『ノンフィクション新世紀』石井光太責任編集、河出書房新社、二〇一二年所収)がある。

(29) ポーランドのユダヤ系小説家・画家(一八九二―一九四二)。ゲシュタポに射殺されて、非業の死を遂げた。二冊の短篇集『肉桂色の店』『砂時計サナトリウム』で、小都市に住むユダヤ人たちの生活とその一人である作者の経験を基に、夢と現実の間《あわい》のような独特な世界を構築した。邦訳に、『ブルーノ・シュルツ全集』(工藤幸雄訳、全二巻、新潮社、一九九八年)、『シュルツ全小説』(工藤幸雄訳、平凡社ライブラリー、二〇〇五年)など。

（30）ユーゴスラヴィアの小説家・詩人（一九三五―八九）。父はユダヤ系ハンガリー人。第二次世界大戦中に父を含む親族がホロコーストの犠牲になる。自伝的モチーフを豊富に含む幻想的作風で知られる。邦訳に、『若き日の哀しみ』（山崎佳代子訳、創元ライブラリ、二〇一三年）、『死者の百科事典』（山崎佳代子訳、創元ライブラリ、二〇一八年）、『砂時計』（奥彩子訳、松籟社、二〇〇七年）、『庭、灰』（池澤夏樹＝個人編集　世界文学全集Ⅱ―06）』（山崎佳代子訳、河出書房新社、二〇〇九年）がある。

（31）ムージルはオーストリアの小説家（一八八〇―一九四二）。『特性のない男』は未完の大作で、一九三〇年に第一巻、三三年に第二巻が発表され、死後の五二年と七八年に遺稿が整理、刊行された。オーストリア＝ハンガリー帝国崩壊前夜のウィーンを舞台に、登場人物たちの膨大な議論や対話から成る。邦訳に、高橋義孝ほか訳（全六巻、新潮社、一九六四―六六年）や、加藤二郎訳（『ムージル著作集』第一―六巻、松籟社、一九九二―九五年）がある。

（32）パヴィチはセルビアの小説家（一九二九―二〇〇九）。『ハザール事典』はハザール人を題材に事典の形式をとって書かれた一九八四年の作品で、通読することも項目を拾い読みすることもでき、男性版と女性版がある。邦訳は工藤幸雄訳（創元ライブラリ、二〇一五年）。ほかの邦訳作品に、『風の裏側――ヘーローとレアンドロスの物語』（青木純子訳、東京創元社、一九九五年）、『帝都最後の恋――占いのための手引き書』（三谷惠子訳、松籟社、二〇〇九年）がある。

(33)　ここでは、クンデラの『小説の技法』を基にして、そのグロテスク論を紹介している――「カフカ的なものの世界では、シェイクスピアにおけるように喜劇が悲劇の（悲＝喜劇的な）対位法になるのではないし、喜劇は調子の軽さのおかげで悲劇を耐えうるものにするためにあるのではない。それは悲劇に伴いはせず、悲劇を未然に破壊してしまい、その結果、犠牲者がまだ期待することができる唯一の慰め、すなわち悲劇の（真の、あるいは想定された）偉大さの中にいるのだという慰めさえ奪ってしまう」（傍点原文。西永良成訳、一四七頁）。

第四人称の語り手の未来——訳者あとがき

小椋　彩

二〇一九年一〇月、オルガ・トカルチュクはポーランドの作家では五人目[1]、女性としては一五人目のノーベル文学賞受賞者(二〇一八年度)となった。一九六二年、ポーランド西部国境地帯スレフフ生まれ。ワルシャワ大学で心理学を専攻、セラピストを経て文筆活動に入る。東欧革命による民主化が進行するなか、「ポストモダンの旗手」として注目を集めた。文壇への本格デビューは一九九三年、一七世紀欧州を舞台に、知恵と幸福の象徴である書物を求めて旅をする人びとの数奇な運命を描いた『書物の人びとの旅』で、寓話的なテーマやモチーフが、近年の大作『ヤクブの書』(二〇一四年)とも共通する。祖国の激動の二〇世紀を神話的に描き出した長篇第三作『プラヴィエクとそのほかの時代』(一九九六年、邦訳は松籟社、二〇一九年)以降、国外でも広くその名を知られるようになる。『逃亡派』(二〇〇七年、邦訳は白水社、二〇一四年)で、国内でもっとも権威ある文学賞「ニケ賞」を受賞、ジェニファー・クロフトによる英訳(*Flights*)が、二〇一八年にマン・ブッカー国際賞をポーランド語作家で初めて受賞、同年の全米図書賞・翻訳文学部門にノミネートされたことも大きく報じられた。

マイノリティや女性の権利、環境問題や移民問題等について、政治的発言をいとわない、熱心な社会活動家としても知られる。ノーベル財団からの賞金をもとに自身の基金を設立し、作家や翻訳者等、文学に関わる人へ従来行ってきたサポート活動の規模も、ますます大きくなっている。文字どおり、情熱と活力、なにより愛情とユーモアに溢れた人物だ。

本書『優しい語り手』は、表題となっているノーベル賞受賞記念講演「優しい語り手」と、二〇一三年の来日講演「「中欧」の幻影《ファントム》は文学に映し出される——中欧小説は存在するか」を所収、日本オリジナルの構成で、トカルチュクの邦訳書としては五冊目となる。

「優しい語り手」、すなわち星座小説について

母はわたしが生まれる前からわたしをこの世に存在させてくれていた――。子どもの頃に抱いた、存在論的なこの甘い確信が、講演「優しい語り手」のコンセプトをつくっている。「優しい」と訳出したポーランド語の形容詞(czuły)は、細やかさや繊細さ、感受性の豊かさをあらわすとともに、人としての誠実なあり方を示唆している。想像力をもち、他者に対する思いやりや共感を体現する「優しい語り手」のイデアは、生物はもちろん、無生物にすら「心」を見出すこの作家の世界観を垣間見せ、重要なモチーフとなって、本講演を貫いている。

講演では、こうした共感のイデアが、現代の高度情報化社会で破壊されてきた道筋が示される。インターネットは万人に知へのアクセスを可能にしたが、情報の氾濫に耐えられない現代人が目にしているのは、事物と出来事の集積と化した、分断された世界だ。ここでは人間も、生きながら死ぬゾンビに比される。

問題は、わたしたちには世界を語る言葉が足りないということだ。わたしたちは世

界を言葉で受容しており、その意味で、世界は言葉でできている。このあたらしい世界をいかに語るかが問われているのに、そのための文学はいまや死に瀕している。巷には個人の経験しか語らない「一人称の語り」が溢れ、文学の商業化がその細分化を招き、作家と作品を型にはめるジャンル主義が横行し、フィクションは信頼を失っている。

そこで作家は、聖書の語り手を手掛かりに、近い未来に、「第四人称の語り手」の登場を期待する。この全知の語り手は、見えないものも見ることができ、他者への「優しさ」を備えている。こうした語り手の語りは、断片的で混沌とした現代世界を、つながりを持ったひとつの全体に変えてくれるだろう。

じつは、トカルチュクによる「第四人称の語り手」への言及は今回が最初ではない。「いつのころからか、第四人称の語り手の立ち位置から自分を観察するのが好きになった」というのは、ノーベル賞受賞からおよそ一年後、二〇二〇年一一月にポーランドで出版された単行本『優しい語り手』のあとがきでの言葉だ。[2] タイトルとなっている受賞記念講演のほか、既刊本から再録されたエッセイ、国内外の大学での招待講演等、過去一〇年余りの間に発表された計一二篇が収められたこの本は、コロナ禍によるロックダウンを機にまとめられたという。書かれた時期も状況も異なるこれらのテクストのいずれもが、「書く」ことをめぐる創作論であり、「第四人称の語り」の実現をめざす過程における、作家自身の言葉によれば、「心理学的な自己省察」である。心理学という自分にとって近しい方法を手掛かりに、作家としていかに世界を読み、そして書くか。「断片があるひとつの図案へと統合されるように、読者がちいさな出来事の集まりのなかに完全な星座を発見できるように、誠実に物語を語る」(本書三八頁)ことは、十余年間、つねに追求されてきた。

そうした書き方の実践のわかりやすい例として本講演でも挙げられているのが、旅にまつわる断章やモチーフが連なる長篇小説、『逃亡派』だ。この作品で作家は、別々の時空間で起こる点のような出来事が、ある瞬間に線でつながり、星座のように物語を成すのを示してみせた。コペルニクスが『天球の回転について』を出版し、天体図で宇宙の一端をあきらかにしたその年に、イタリアでは解剖学者ヴェサリウスが世界最初の人体解剖図を出版した。小説はこの偶然を発端に、天体と人体、ふたつの体の地図の余白を埋めようとする、人間の探求の旅を描きだす。ヨーロッパが「未開地」へわけいった大航海時代から五〇〇年、人間はもはや地球をその足跡で埋め尽くし、宇宙旅行さえ現実のものになった。かたや人体の研究も解剖技術の向上とともに進み、自身の体をあらゆる臓器へと細分化した現代人は、それらを樹脂加工し半永久的に保存する、プラスティネーション技術にまで到達している。もともとは解剖学用の標本作製が目的で加工されたこうした臓器は、素手で触れたり、何度でも取り出したりしまったりすることが可能だ。人間は不死まであと一歩、とうとう朽ちない体を手に入れた。

さて、欲望のままにつづけられてきたこうした旅は、わたしたちになにをもたらしただろうか。

移住したポーランド人女性が、死期の近い元恋人を祖国に訪ねる挿話がある。父親は共産主義ポーランドを「人が住むには適さない国」だと言い、一家は南半球のある国に移住した。娘は長じて生物学者になり、生態系保護のため、害獣退治の大規模プロジェクトに参加している。いっぽう、はるばる会いに来た彼女に向かって、瀕死の元恋人は「なんのために生き物を殺すのか」と問う。理由は一つ、移動を繰り返す人間が、もともとの生態系には存在しない生物を持ち込んだせいだ。しかし、自分のプロジェクトも結局は無駄であると彼女にはわかっている。なぜなら、「閉じた生態系は、まもなく存在しなくなる。世界はひとつに混じるから」。彼女はじつは元恋人に、安楽死の介助を請われてやって来た。この挿話には「神の国」(Strefa Boga, 神の地帯《ゾーン》)という、皮肉なタイトルが付されている。ヨーロッパ人が入植し、祝福された「神の国」(Godzone, God's Own Country より)と呼んだ、かつてのマオリの居住地は、いまニュージーランドという名だ。この地にもともといなかったはずの人間が、生態系の「神」として命を選別する矛盾を、グローバル化の意味を通して突きつける。そして多様なはずのこの世界に、いま遍く存在しているのは人間だから、「害獣」ではなく人間こそが、地球の脅威であることはまちがいない。このままいけば人間はいずれ、この地球を壊すだろう。永遠に腐らなくなった人体は、プラスティックのように、永遠に土に還らないからだ。

トカルチュクが書くように、図らずもパンデミックによって、世界には境界が存在しないこと、世界はひとつに混じっていることがあきらかになった。二〇〇七年に出版された小説が、現在の状況の予見のように映る。

しかし、かつてない地球の危機に警鐘を鳴らしつつ、作家が講演の最後に示したものは、ほかならぬ文学への信頼だった。

「だからわたしは、語らなければならないと信じています。世界とは、わたしたちの眼前で絶えず生成しつづける、生きたひとつの全体であり、わたしたちはほんのちいさな、でもそれと同時に力強いその一部であることを語る、そういう物語を」(本書四四頁)。

優しさとは、見えない他者をも想像すること、緊密に結ばれた宇宙的連鎖の網の目の、だれもがその一つであるという認識をもつこと。わたしたちに、そうした認識を抱かせることができる文学の、その可能性を信じた、これは作家としての意志に満ちた講演である。

幻影《ファントム》としての中欧と中心の無化について

「「中欧」の幻影《ファントム》は文学に映し出される――中欧小説は存在するか」は、二〇一三年三月に行われたトカルチュクの来日講演原稿の全訳である。[3]

「東欧」文学における「東」のイメージについて、自由に語ってほしいと依頼して実現した講演だったが、来日直前に作家から送られてきた原稿には「東」の文字はなく、展開されていたのは、自分の故郷である「中欧」の特殊性を文学的経験から見直す試み、トカルチュク流中欧文学再入門だった。そもそも、中欧とはいったいなにか。中欧は、あるにはある。しかし、共通の宗教的・民族的・文化的・言語的アイデンティティがない。「ソ連が誕生するよりずっと前から、ここにいた」というように、社会主義の経験も、この地域をまとめる理由にはならない。クンデラに始まり、ティモシー・ガートン・アッシュ、シャーンドル・マーライ、パウル・ツェランの「中欧」定義に話が及び、それでも中欧の姿は、幻のようにはっきりしない。中欧の人間は

「帰属不明」で、簡単にひとくくりにはできない。多様性こそが、中欧そのものだ。

トカルチュクの招聘には、日本で出版予定だった『逃亡派』のプロモーションの意味もあったので、この講演原稿にはそのことが意識されてもいる。小説中、オランダの解剖学者の挿話がある。彼はふとした怪我がきっかけで左脚を失うが、ないはずの脚に痛みを覚える。この学者の感じた「幻肢痛《ファントム・ペイン》」は、「幻影《ファントム》」としての中欧だ。あるにはある。でもそれは、頭脳のうちに存在する、なんらかの、(しかも困難を突きつけてくる)概念かもしれない。

中欧文学は菌糸体に似ている。中欧文学は周縁の文学だ。正典ではなく異端だ。中欧作家は英語作家に比べて商業的に不利なことを重々承知しているが、自分たちの言語をけっして捨てはしない。その国境のように不安定で流動的な中欧の文学においては、安定していて信じられるのは「私」だけ。メタファーはリアリズムに優る。ユーモアがあって、グロテスクで……。

これは、トカルチュクの文学そのものではないか。

地域と結びついた文学は、グローバリズムによる文化の均質化に対抗する。そして付け加えるならば、トカルチュクの「境界」への、ときに偏執的ともいえるこだわりは、まちがいなく中欧の出自に起因している。ポーランドは歴史上、国境を何回もひき直されてきた。作家はこれまでも、人がひく境界線とは、形而下・形而上ふくめてすべてが恣意的なものであり、それを絶対と錯覚してしまうことは危険ですらあると警告してきた。境界をひくこととは「区別」するばかりでなく、ときになにかからなにかを「選別」すること、もしくは「排除」することだからだ。そしてこうした境界への徹底的な懐疑は、テーマにおいても構造においても、「中心」(権力やヒーローやドグマと言い換えてもいいだろう)を無化しようとするそのテクストに、明確に反映されているのである。

二〇一三年のトカルチュクの招聘・講演会開催に際して、たくさんの方々にお力添えをいただきました。プロジェクトを採択してくださった北海道大学スラブ研究センター(現・スラブ・ユーラシア研究センター)と、すべてにわたってお手伝いくださった野町素己さん、越野剛さん、立教大学・阿部賢一さん、講演会場提供と司会をお引き受けくださった同志社大学・諫早勇一先生、講演会コメンテーターをお引き受けくださった沼野充義先生、講演の通訳をお引き受けくださった三井レナータ先生と講演原稿翻訳者でもある久山宏一先生、白水社編集部の金子ちひろさんに心よりお礼を申し上げます(所属はすべて当時)。

ノーベル賞受賞講演「優しい語り手」翻訳に際しては、岩波書店『世界』編集部・渕上皓一朗さんと、校正者の皆さまにお世話になりました。また、本書の企画・出版に際して、絵本『迷子の魂』につづき、岩波書店編集部・奈倉龍祐さんにお声がけいただき、たいへんお世話になりました。『迷子の魂』の画家ヨアンナ・コンセホ(Joanna Concejo)さんには、本書装画としてすてきな作品の使用をおゆるしいただきました。[4] 心よりお礼を申し上げます。

(1) ヘンリク・シェンキェヴィチ、ヴワディスワフ・レイモント、チェスワフ・ミウォシュ、ヴィスワヴァ・シンボルスカに続く。

（2） Olga Tokarczuk, *Czuły narrator*, Wydawnictwo Literackie, 2020.

（3） 北海道大学スラブ研究センター（現・スラブ・ユーラシア研究センター）「平成二四年度スラブ・ユーラシア地域を中心とした総合的研究」に採択された研究課題「東欧文学における「東」のイメージの形成と変遷——特に「移動の文学」に注目して」に基づき、オルガ・トカルチュクを招聘、二〇一三年三月一日に立教大学（東京）、同三日に同志社大学（京都）で講演会を開催した。東欧地域における「東」のイメージについて、おもに文学テクストをもちいて検討する科研費助成を受けた研究課題「東欧文学における「東」のイメージに関する研究」（科研費課題番号24320064 代表者：阿部賢一）のメンバーとの共同企画である。

講演原稿翻訳（抄訳）の初出は以下。オルガ・トカルチュク「文学にあらわれた《中欧》という名の幽霊《ファントム》——中欧文学は存在するか（抄録）」久山宏一訳、『早稲田文学6』（二〇一三年九月）、二八四—二九四頁。

Olga Tokarczuk, “Fantom Europy Środkowej przegląda się w literaturze. Czy istnieje powieść środkowoeuropejska?” in K. Abe ed., *Perspectives on Contemporary East European Literature: Beyond National and Regional Frames*, Slavic Eurasian Studies No. 30 (Sapporo: Slavic-Eurasian Research Center), 2016. https://src-h.slav.hokudai.ac.jp/coe21/publish/no30_ses/

（4） 二〇二〇年一一月、東京の会場およびオンラインで「ヨーロッパ文芸フェスティバル2

020」が開催され、ポーランドのセクションではトカルチュクが特集された。このフェスティバルと日本語版『迷子の魂』出版を記念して日本の読者宛てに書かれた作家からのメッセージを、ポーランド広報文化センターのサイト内で読むことができる。

オルガ・トカルチュク「日本のたいせつなお友だちへ」(久山宏一訳) https://instytutpolski.pl/tokyo/message-from-olga-tokarczuk-to-japan/

[訳者]

小椋　彩(おぐら・ひかる)

北海道大学大学院文学研究院准教授．専門はポーランドとロシアの文学・文化．オルガ・トカルチュクの邦訳書をすべて手がける．ほかの訳書にヤン・ブジェフファ作／福井さとこ絵『クレクス先生のふしぎな学校』(小学館世界J文学館，2022年)，共編著に『ロシア文学からの旅——交錯する人と言葉』(ミネルヴァ書房，2022年)．

久山宏一(くやま・こういち)

東京外国語大学卒業．アダム・ミツキェーヴィチ大学にて博士号(文学)取得．現在，東京外国語大学など非常勤講師．専門はポーランドとロシアの文学・文化．訳書にスタニスワフ・レム『大失敗』(国書刊行会，2007年)『捜査』(同，2024年)，アダム・ミツキェーヴィチ『ソネット集』(未知谷，2013年)『コンラット・ヴァレンロット』(同，2018年)など．

オルガ・トカルチュク(Olga Tokarczuk)

1962年ポーランド生まれ．詩人・小説家・エッセイスト．ワルシャワ大学で心理学を専攻，卒業後セラピストを経て作家となる．2007年の『逃亡派』(白水社，2014年)によりポーランドの権威ある文学賞ニケ賞を受賞し，同作の英訳はマン・ブッカー国際賞を受けた．14年の『ヤクブの書』で再びニケ賞を受賞．19年，前年度のノーベル文学賞を受賞．ほかの邦訳書に『昼の家，夜の家』(白水社，2010年)，『プラヴィエクとそのほかの時代』(松籟社，2019年)，『迷子の魂』(ヨアンナ・コンセホ絵，岩波書店，2020年)．

優しい語り手――ノーベル文学賞記念講演
オルガ・トカルチュク

2021年9月28日　第1刷発行
2024年7月16日　第2刷発行

訳　者　小椋《おぐら》 彩《ひかる》　久山宏一《くやまこういち》

発行者　坂本政謙

発行所　株式会社　岩波書店
〒101-8002 東京都千代田区一ツ橋2-5-5
電話案内 03-5210-4000
https://www.iwanami.co.jp/

印刷・三陽社　カバー・半七印刷　製本・牧製本

ISBN 978-4-00-025360-4　Printed in Japan